D1393468

ALTIN
KİTAPLAR

KİTABIN ORİJİNAL ADI

BECAUSE OF MR. TERUPT

YAYIN HAKLARI

© ROB BUYEA
AKCALI TELİF HAKLARI AJANSI
ALTIN KİTAPLAR YAYINEVİ
VE TİCARET AŞ

BASKI

1. BASIM/EYLÜL 2012/İSTANBUL
19. BASIM/MART 2019/İSTANBUL
ALTIN KİTAPLAR YAYINEVİ
MATBAASI

ISBN 978 - 975 - 21 - 1541 - 5

_____

ALTIN KİTAPLAR YAYINEVİ
Bağlar Mah. Yalçın Koreş Cad. 63. Sok.
No.: 5 Kat: 1 Güneşli - Bağcılar / İstanbul
Matbaa ve Yayınevi Sertifika No.: 10766

Tel: 0.212.446 38 88 pbx
Faks: 0.212.446 38 90

http://www.altinkitaplar.com.tr
info@altinkitaplar.com.tr

ROB BUYEA

sınıftan
yükselen sesler

TÜRKÇESİ
EDA AKSAN

Bana yazmak için ilham veren,
her gün yaşadıkları gizemli ve doğal hâlleriyle
anlatabileceğim bir hikâye yaratmamı sağlayan
Bethany Cemiyet Okulunun üçüncü ve
dördüncü sınıf öğrencilerine...

✳ ÖN SÖZ ❄

Bu sevimli romanı ilk kez okuyup hayran kaldığımda kocaman bir adamdım ve tekrar çocuk olabilmeyi diledim. *Sınıftan Yükselen Sesler*, hepimizin sahip olmayı istediği (bazılarımızın da *sahip* olduğu), insan yaşamını değiştiren bir öğretmeni anlatan mükemmel roman bir roman.

Bay Terupt'ı bize tanıtan çocuklara gelince, onlar da büyüleyici öğretmenleri kadar özgün... Size hem arkadaşlarınızı hem de düşmanlarınızı hatırlatacaklardır. Romandaki üzücü kaza bile aslında tam anlamıyla bir kaza değil. O da hikâye gibi ustaca hazırlanmış ve sürükleyici bir kurguyla gizlenmiş.

—John Irving

birinci bölüm

eylül

Peter

Dünyada öğretmenlerin olması bence bizim şanssızlığımız. Ama onlardan kurtuluş olmadığına göre, yapabileceğimiz en iyi şey, eskisi yerine bir yenisinin gelmesini umut etmek. Yeni öğretmenler kuralları bilmezler, böylece tecrübeli öğretmenlerin sizi yakalayabileceği şeylerden kolaylıkla sıyrılabilirsiniz. En azından benim teorim buydu. İşte bu yüzden beşinci sınıfa başlamak için oldukça sabırsızlanıyordum. Ne de olsa adı Bay Terupt olan, çaylak bir öğretmene sahip olacaktım. Onu derhâl teste soktum.

Eğer öğretmenler tuvalet izni vermekte sorun çıkarmıyorlarsa, tek yapmanız gereken bu izni alıp oraya gitmek. Bu katta tuvaletler koridorun sağında. Derslerden kurtulmak için her zaman kolay bir yöntem vardır. Bu konuda çok sinsi davranabilirim. Her zaman izin alırım ve öğretmenler genellikle beni hiç fark etmezler. Ve dediğim gibi, Bay Terupt bir çaylaktı, işte bu yüzden beni yakalayamayacağını biliyordum.

Bir kez tuvalete ulaştıktan sonra istediğiniz gibi oyalanabilirsiniz. Bizim katımızdaki diğer öğretmenlerin hepsi bayan. Yani içeri dalıp sizi yakalamalarından endişe etmenize gerek yok. Tuvalet kabinlerinin demirlerine asılıp sallanın. Ayaklarınızı tavana değdirmeyi deneyin. Hatta daha hızlı sallanın. Eğer kabinde biri varsa sallanıp kapısını tekmelemek çok eğlenceli olabilir, özellikle içerideki küçük bir çocuksa. Eğer onu yeterince korkutabilirseniz kendi üstüne bile işeyebilir. Bu çok eğlenceli. Ya da arkadaşınız pisuvarı kullanıyorsa onu arkasından itip aynı zamanda sifonu çekebilirsiniz. Böylece üzeri az da olsa ıslanabilir. Bu da oldukça eğlencelidir. Bazı çocuklar tuvaletleri koca tuvalet kâğıdı tomarlarıyla tıkamaktan hoşlanır. Ama ben bunu denemenizi pek önermiyorum. Başınız büyük derde girebilir. Büyük ağabeyim bana, arkadaşının bir kez yakalandığını ve tuvaletleri bir diş fırçasıyla temizlemek zorunda kaldığını söylemişti. Müdür daha sonra aynı fırçayla dişlerini de fırçalatmış. Bayan Williams oldukça serttir ama yine de böyle bir ceza verebileceğini sanmıyorum. Yine de bunu öğrenmek istemediğime eminim.

Dördüncü ya da beşinci tuvalet ziyaretimden sınıfa döndüğümde Bay Terupt bana bakıp, "Peter, evlat, seni Bay Bol Çişli ya da İşeyen Peter olarak çağırmak zorunda kalacağım. Yangın musluğunun çevresinde dolaşan bir köpekten bile daha çok tuvaletini yapıyorsun." dedi.

Herkes güldü. Yanılmıştım. Fark etmişti. Yerime oturdum. Ardından Bay Terupt yanıma geldi ve kulağıma, "Büyük annem gerekirse düğüm atmamı söylerdi." dedi.

Ne yapacağımı bilemedim. Söylediğini duyunca gözlerim gerçekten de kocaman açıldı. Kulaklarıma inanamamıştım. Ama bunun bir önemi yoktu. Bay Terupt öne doğru ilerleyip tahtadaki matematik problemine geri döndü. Bense orada kocaman açılmış gözlerimle kalakaldım. Ve tabii yüzümde bir gülümsemeyle.

Marty, "Ne dedi?" diye sordu. Marty'nin sırası benimkinin hemen yanındaydı.

"Hiçbir şey." diye karşılık verdim.

Ben ve Wendy neler olduğunu duyabilmek için sıralarından öne doğru eğildiler. Onlar da hemen karşımızda oturuyorlardı. Dördümüzün sırası üç numaralı masayı oluşturuyordu. Bay Terupt bazen bizi masalara ayırıyordu.

"Hiçbir şey." diye yineledim. Bu, benim sırrım olacaktı.

Acaba Bay Terupt ne kadar havalıydı? Verdiği tepki yaşlıların yaptığı gibi herkesin içinde azarlamaktan çok daha iyiydi. Sınıfımdaki bazı çocuklar ağlayabiliyordu ama ben asla. Ve nedense Bay Terupt ağlamayacağımı biliyordu. Bu, onun işleri büyütmeden bana ne yaptığımı bildiğini gösterme şekliydi. Bay Terupt'ın bu yönünü sevmiştim. Gerçekten de eğlenceli biri olabilirdi. Ve ben de eğlenceli biriydim. Bu yıl, hayatımda ilk kez, okulun eğlenceli olabileceğini düşünmeye başladım.

Jessica

1. Perde 1. Sahne

Okulun ilk günü. Endişeliydim. Biraz. Terleyen avuç içleri ve kuruyan ağız sendromu geri geldi. Bu şaşırtıcı bir durum değildi. Ne de olsa yepyeni bir yere geliyordum. Annemle kısa bir süre önce Pasifik Okyanusu'ndan, Connecticut'a, Atlantik Okyanusu'na taşınmıştık. İşte bu yüzden bugün Snow Hill Okulundaki ilk günümdü. Annem yerleşebilmem için bana yardıma gelmişti.

Camlı kapılardan geçip güzel bir girişten içeri girdik, nereye gideceğimizi sormak için ana ofisin önünde durduk. Aynı anda birçok işi yapabilme konusunda çok iyi olduğu belli olan kızıl saçlı bir kadın gülümseyerek bizi karşıladı ve başıyla selam verdi. Bunu yaparken telefonu, kulağıyla omzu arasına sıkıştırmıştı; boşta kalan elleriyle de karşısında dikilmiş olan kumral saçlı kadınla yaptığı konuşmanın notlarını alıyordu. Bekledik. Parmaklarımla kitabımın sert kapağını delip geçebilirdim.

"Merhaba, ben Bayan Williams, okul müdiresiyim." Konuşan, kumral saçlı kadındı. Döpiyesinin içinde son derece ciddi bir havası vardı. "Snow Hill Okuluna hoş geldiniz. Size nasıl yardımcı olabilirim?"

Annem, "Bay Terupt'ın sınıfını arıyoruz." dedi. "Ben Julie Writeman ve bu da kızım Jessica. Şehre yeni geldik."

"Ah, evet. Sizinle tanışmak büyük bir zevk. Gelin, size yolu göstereyim."

Bayan Williams bizi ofisin dışına çıkardı. Sekretere bir kez daha baktım. Babamın oyunlarından birinde harika bir karakter olabilirdi, diye düşündüm. Babam California'da, benim hâlâ olmak istediğim yerde, küçük oyunlar yönetiyordu.

"Bugün nasılsın Jessica?" diye sordu Bayan Williams.

Her ne kadar doğru olmasa da, "İyiyim." diye karşılık verdim.

Lobiye ilerledik ve ardından da merdivenlerden yukarı çıkıp bizi sınıfıma götüren Bayan Williams'ı izledik. Koridorlar havasız ama temizdi, sanki kısa bir süre önce dezenfekte edilmiş gibiydi. Görevlilerin, okullarının ne kadar temiz olduğunu göstermek için bunu özellikle yapıp yapmadığını merak ettim. Mavi desenli halı boyunca annemi izledim; bazı çocukların yeni gereçlerini yerleştirdikleri kırmızı dolapların bulunduğu bölümü de geçtik. Gözlerinin şehre gelen yeni kıza odaklandığını hissedebiliyordum. Bakışlardan hemen sonra fısıldaşmalar başladı. Yüzüm kızarmıştı.

"İşte geldik." dedi Bayan Williams. "Burası senin katın. Burada dört sınıf var ve hepsi de beşinci sınıf. Koridorun her iki tarafında yer alıyorlar ve tuvaletler de koridorun ortasında." Bayan Williams konuşmasına devam ederken bir yandan da eliyle sınıfları işaret ediyordu. "İşte senin sınıfın da burası." Yine işaret etti. "202 numaralı sınıf. Dilerim ilk günün iyi geçer."

Annem, "Teşekkür ederiz." diye karşılık verdi. Ben başımı sallamakla yetindim.

1. Perde, 2. Sahne

Sınıftan içeri girdik. Öğretmen oturduğu masasından bize bakıp gülümsedi. Kalbim hızla çarpmaya başladı.

Annemle birlikte içeri girmemizle öğretmen, "Günaydın, ben Bay Terupt." dedi ve bizi karşılamak için yanımıza geldi.

Annem de, "Günaydın." diyerek karşılık verdi. "Ben Julie Writeman ve bu da Jessica. Sanırım yeni bir öğrenci olduğu için biraz endişeli." Dilim heyecandan ağzımın içinde o kadar şişmişti ki konuşamadım. Bay Terupt'ın gülümsemesine aynı şekilde karşılık verdim. Bu, arkadaşça bir gülümsemeydi.

"Aslında bugün benim de ilk günüm. Sanırım bu işi birlikte çözebiliriz."

Yüzümdeki gülümseme daha da genişledi.

"Senin yerin hemen burada, ikinci masada. Natalie, Tommy ve Ryan'la birlikte oturacaksın. Camın yanı okumak için sana iyi bir ışık sağlayacaktır. Elindeki harika bir kitap Jessica."

Kitabıma baktım, *Zamanda Kıvrılma*. Elimi kapağının üzerinde gezdirdim.

"Mutlu sonları gerçekten çok severim." dedim.

Bay Terupt, "Ben de." diye karşılık verdi. "Bu yıl sana mutlu bir son verebilmek için elimden gelenin en iyisini yapacağım."

Yeniden gülümsedim. Buna inanamıyordum. Öğretmenim de yeniydi. Ve okuduğum kitabı o da beğenmişti. Nasıl bilmiyorum ama kalbimin çarpıntısının geçmesini ve dilimin şişkinliğinin inmesini sağlamıştı. İşler yoluna girecekti.

LUKE

O kulu seviyorum. Ve oldukça başarılıyım. Tüm pekiyileri ben alıyorum. İşte bu yüzden Bay Terupt ilk matematik projemizi açıkladığında heyecanlandım.

"Dolar Sözcükleri" adlı oyun çılgıncaydı. Daha önce verilen çalışma sorularına kesinlikle benzemiyordu. Hatta yakınından bile geçmiyordu! Yapmamız gereken, *a* harfinin bir sent, *b* harfinin iki, *c* harfinin ise üç sent olduğunu varsaymaktı ve bu, böyle uzayıp gidiyordu. Böylece *z* harfi yirmi altı sent değerinde olacaktı. Asıl işimiz ise harf değerlerini topladığınızda bir dolar eden sözcükleri bulabilmekti. Doksan dokuz sent ya da bir dolar bir sent kabul edilemezdi; sözcük tam olarak bir dolar etmek zorundaydı.[1]

---

[1] "Dolar Sözcükleri" oyununda siz kitaptaki toplamlara ulaşamayacaksınız, çünkü o toplamlar sözcüklerin İngilizce karşılığına denk geliyor. Ama isterseniz bu oyunu Türkçe sözcüklerle oynayabilir, adını da "Lira Sözcükleri" oyunu koyabilirsiniz.

Bay Terupt hazırlanmaya başlamamız için bize zaman verdi. Projeyi tam anlamıyla kavradığımızdan emin olmak istiyordu. Ve bir dolarlık sözcüğü ilk kimin bulacağını merak ettiğini de ekledi.

Tüm harflerin ve değerlerinin tablosunu hızlıca çıkardım. Bu, çabuk hareket etmem açısından bana yararlı bir rehber olmuştu. Daha sonra, içinde büyük harfler barındıran sözcükleri düşünmeye başladım. *Sevimli* = 104. *Ceviz* = 77. *Beyefendi* = 84. Sonra birden, tamam buldum, dedim! *Hanımefendi* = 103. Tam sayılmaz, ama oldukça yakın. Bu tablonun yine de diğer sözcükler için yararlı bir strateji olabileceğine karar verdim.

İşte ben tam burada durmuş, yılın ilk dolar sözcüğünü bulmaya çalışırken bir de ne duyayım? Peter ve Alexia.

Bu, Peter ile benim aynı sınıftaki dördüncü yılımız, Alexia'yla ise üçüncü. Peter eğlenceli bir çocuk ama bazen fazla ileri gidebiliyor. Eğer işime odaklandıysam ve o çevrede dolanıp şakalar yapmak istiyorsa bu beni rahatsız edebiliyor. Ama yine de onu seviyorum. Hoş biri ve beladan da korkmuyor. Diğer yandan Alexia, her zaman bir şekilde "kız savaşlarının" içinde. İşin bu bölümünü anlamıyorum. Göz alıcı kıyafetler –elbiseler, etekler, parlak ayakkabılar– giymekten hoşlanıyor ve her zaman onlara uyan aksesuarlar takıyor. Bir de *falan* sözcüğünü çok sık kullanıyor. Alexia da beladan korkmuyor. O ve Peter iyi bir ikili.

Peter dirseğiyle Alexia'yı dürttü. Daha sonra onun Alexia'nın kulağına bir sözcük fısıldadığını duydum.

Bu, bir dolara yakın bile değil, diye düşündüm.

"Otuz üç." diye karşılık verdi Alexia. "Yeterince iyi değil. Bir de şunu dene..."

Bu ikisi aklını mı kaçırmıştı? Kaba sözcükler bulmaya çalışıp sürekli kıkırdıyorlardı. Azarlanacaklarından emindim.

"Bu da pek iyi sayılmaz." dedi Peter. "Belki..."

Tam bir mankafa! Bunu düşünür düşünmez sözcüğü hesaplamaya değeceğini biliyordum. Evet, *mankafa* 81'e eşitti. Ama ortada bir tek mankafa yoktu, *mankafalar* (dolar sözcüğü) vardı. Tam bir tane bulduğumu söylemek üzereyken Peter beni yendi.

"Ben bir sözcük buldum!" diye bağırdı. "Kalça!" Sanki çikolatalı pastadan bu yana var olan en harika şey kendisiymiş gibi kurumla tahtaya yürüdü. Bir kez daha, "Kalça!" dedi ve tahtaya şunu yazdı: "H-A-L-Ç-A." Peter sözcüğün nasıl bir dolar ettiğini göstermek üzereydi. Bay Terupt ona engel olmadı. Ben olmak üzereyken yeni kız benden önce davrandı.

Jessica, "Kalça k ile yazılır Peter." dedi.

Peter, Bay Terupt'a baktı. "Üzgünüm Peter. Jessica haklı. Bir daha denemen gerekiyor. Ve belki de bulduklarının aksine, farklı biçimdeki sözcükleri denemelisin."

Peter yerine döndü. Hiç şaşırmadım. Bay Terupt başından beri Peter'ın hınzırlık peşinde olduğunu biliyordu.

Elimi kaldırdım. "Bay Terupt, ben bir tane buldum." Tahtaya doğru yürüdüm ve *mankafa* yazdım. Ardından gülüşmeler geldi. *"Mankafa."* dedim. "M-A-N-K-A-F-A seksen bir sent ediyor. Ama elimizde iki tane olursa bu *mankafalar* oluyor, yani bir dolar sözcüğü eder. Peter ve Alexia'ya da sorabilirsiniz."

Bay Terupt kıs kıs güldü. "Bu kadarı yeter Luke. Bunun beklediğim tarzda bir sözcük olduğunu söyleyemeyeceğim, ama yine de ilk dolar sözcüğünüz sayılabilir. Tebrikler!"

"Dolar Sözcükleri" bugüne dek gördüğüm en harika matematik projesiydi. *Çarşamba* (dolar sözcüğü) günü başladık ve üç hafta boyunca devam ettik. Deneme ve yanılmalar sonucunda öğrendiğim birkaç strateji ve Bay Terupt'ın yararlı ipuçları sayesinde "Dolar Sözcükleri"ndeki çoğu rekoru ben kırdım. Son poster sunumumda elli dört kelime vardı.

Bay Terupt çalışmama baktı ve gülümsedi. "Luke, bu *mükemmel* (dolar sözcüğü)!" dedi. "Sen, bir dolar sözcüğü şampiyonusun."

Alexia

Yeni bir öğretmenimiz var ve bu harika, falan diye düşünüyordum. Bay Terupt çok sevimliydi. Sıralar hâlinde değil de masa düzeniyle oturabilmemiz için bize izin vermişti. Ben, hadi canım, ciddi olamazsın, falan diye düşündüm! Ve daha da güzeli, arkadaşım Danielle'le birlikte oturabiliyordum.

Sınıfımızda yeni bir kız var, adı Jessica. Bizim masamızda oturmuyordu; ama onunla konuşmalıydım. Ona kimlerle arkadaş olabileceğini söylemeliydim. Her ne kadar kolunun altında oyuncak bir ayı gibi sürekli kitap taşıyor olsa da tatlı birine benziyor.

Onu teneffüste yakaladım. Teneffüslerde okulun bahçesine çıkardık. Bahçenin ortasında basket potalarının ve seksek alanının olduğu asfalt bir bölüm var. Diğer tarafta oyun parkı gereçleri, ayrıca futbol falan gibi oyunların oynanabileceği bir de büyük koşu ve spor sahası var. İşte çardak da tam orada, bu sahanın sonunda. Jessica'yı çardağın basamaklarında tek başına otururken buldum. Kitap falan okuyordu; ne kadar zavallı, diye düşündüm ama yine de yanına gittim.

"Merhaba." dedim.

"Merhaba." diye karşılık verdi.

"Sen Jessica'sın değil mi?"

"Evet."

Sakızımı şişirip balon yaptım ve yanına oturdum. "Ben de Alexia." dedim. "Arkadaşlarım bana Lexie derler." Çantamdan küçük aynamı bulup mor dudak parlatıcımı kontrol ettim. Daha sonra da, "Nereden geliyorsun?" falan diye sordum.

"Buraya California'dan taşındık." diye karşılık verdi yeni kız.

"Ben de California'da yaşıyordum." Ayağımın altındaki taşlarla oynamaya başladım. Karşımdaki kişinin gözlerine bakmadığım zamanlarda, yalan söylemek benim için her zaman çok kolay olmuştur. "Buraya taşındık; çünkü babam hastalandı ve buradaki doktorlara ihtiyaç oldu."

"Çok üzüldüm." dedi Jessica. O da şimdi taşlarla oynamaya başlamıştı.

"Dinle." dedim. "Burada yeni olduğuna göre sana yardım falan etmeme izin ver... Tabii istersen."

Sakızımı patlattım.

"Elbette, tabii."

Taşlarla oynamayı bıraktım ve ona biraz daha yaklaştım. "Biraz sakız ister misin?"

"Hayır, teşekkür ederim." dedi.

Elbette istemez. Küçük Bayan Mükemmel. Sakızı çantama geri koydum.

Bahçenin diğer tarafında oynayan Danielle'i işaret edip, "Şu kız!" dedim. "Hadi ama onu görmemen mümkün değil. Şu şişman olan." dedikten sonra güldüm ama Jessica bana katılmadı.

"O Danielle. Ona dikkat et. O, arkadaş falan olmak istemeyeceğin biridir."

"Peki, ama sen derste onunla birlikte oturmuyor musun? Sizin arkadaş olduğunuzu düşünmüştüm."

Bunu beklemiyordum. Genellikle kızlar sadece dinler ve söylediklerimi yaparlar. Sakızımı şişirip bir kez daha patlattım.

"Evet. Eskiden iyi biriydi. Ama seninle ilgili bir şeyler falan konuşuyor. Senin için Bayan Şekerleme ve Kibirli Kitap Kurdu diyor."

Jessica şaşırmışa benziyordu. "Ah, pekâlâ. Bana söylediğin için teşekkür ederim."

"Merak etme." dedim ve kolumu omzuna doladım. "Benimle takıl ve ben sana yardım falan edebilirim. Bu harika olacak."

Tam o sırada teneffüs bitti. Ve işte kız savaşı tam da böyle başladı.

Jeffrey

Sınıfımdaki çocuklar idare eder. Yine Alexia'yla uğraşmak zorundayım. Bir de onun tüylü fularları, leopar desenli giysileri ve o aptal çantasıyla. Bu yıl nasıl bir makyaj yapacağını çok merak ediyorum. O, tam bir budala. Kendini bir Hollywood yıldızı sanıyor.

Bir de Luke var. Onu umursamıyorum. O, zeki ve okulu ciddiye alıyor.

Danielle de benim sınıfımda. O, şişman.

Bir de Peter var. Akıllı bir çocuk. Bir o kadar da ukala. Bay Terupt'a, Peter'ın tüm zamanını tuvalette geçirerek ortalıkta dolandığını söylemek istiyorum. Ama yeni olmasına karşın Bay Terupt, buna gerek kalmadan durumu anladı. Zeki birine benziyor. Sadece beni fark etmesini istemiyorum. Okulda o kadar iyi değilim. Okul berbat bir şey.

Danielle

Okul o kadar da iyi değildi. Öğretmenim oldukça sevimli birine benziyor, hatta eğlenceli bile diyebilirim. Ama bir tane bile arkadaşın yoksa bunların hiçbir anlamı yok. Lexie bunu bana daha önce de yapmıştı. Bir gün benim arkadaşım, diğer gün değil. Nedenini bile bilmiyorum. Ona kötü davranmıyorum. Ama sanırım bu yıl, en kötüsü.

Her şey çok iyi başlamıştı. Ve bir gün teneffüs sonrası Lexie beni görmezden gelmeye başladı. Sanki orada değilmişim gibi davranıyordu. Benim yanımda bir şeylerden söz ederken bile beni konunun dışında bırakıyordu. Yine o aptal şişko şakalarını yapmaya başlamıştı. Bu, çok korkunçtu. Eve gidince o kadar çok ağladım ki.

Biraz iriyim; şey, sanırım büyük diyebiliriz. Kendime şişman demekten hoşlanmıyorum. Neden böyle olduğumu bilmiyorum. Yediklerime dikkat ediyorum ve öğle yemeklerinde diğer kızlardan fazla yediğim söylenemez. Annem büyüdükçe bunun değişeceğini söylüyor. O şişman değil. Ağabeyim Charlie, büyük annem ya da büyük babam veya babam da değil. Büyük annem, "Kemiklerinde biraz et olmalı kızım." diyor. Evet büyük anne, bundan eminim. Böylelikle Lexie gibileri benimle ilgili şişko şakaları yapabilir. Yine de ona bir şey söylemiyorum. Çünkü büyük annem bunu anlamıyor. Beni sadece annem anlıyor. Büyüdükçe zayıflayacağımı söylediğinde, kendimi biraz daha iyi hissediyorum. Bana aynı zamanda bunlarla uğraşıyor olmamın bir nedeni olduğunu da söylüyor. "Bu, seni çok daha sabırlı bir insan yapıyor ve bir gün bu deneyimlerin sana yardımcı olacaktır." diyor. Bu harika, ama keşke o ince bedene hemen şimdi kavuşabilseydim.

Bir çiftlikte yaşıyoruz. Annem burada büyümüş. Büyük annem ve büyük babam hemen bizim evimizin yanında, kendi evlerinde yaşıyorlar. Çiftliği işletmemize yardım ediyorlar. Bu yüzden büyük annem genellikle çevrededir. Canımın neye sıkkın olduğunu ve neden ağladığımı öğrenmek istedi.

Ona ne zaman Lexie'den söz etsem âdeta çılgına döner, "Okula gidip o kızı bir güzel adam edeceğim." der.

"Hayır büyük anne."

"Neden onunla hâlâ arkadaşsın? O insanlara, özellikle bir arkadaşa nasıl davranılacağını bilmiyor."

"Bu onun hatası değil büyük anne. Bu, okuldaki yeni kızın hatası." dedim. Yine her zamanki gibi Lexie'yi korumaya çalışıyordum. "Sinir olduğum yeni bir kız var."

Büyük annem, "Eğer sürekli kendine bunu söylemeye devam edersen işler yoluna girmez." diye karşılık verdi. Oldukça sert bir kadındı.

Sadece Lexie'nin grubunda olduğum zamanlarda arkadaşlarım oluyor. Kimse bu şişko kızla arkadaş olmak istemiyor. Ne yapacağımı bilmiyorum.

Büyük annem o gece benimle birlikte bir dua okudu. Yatağımın kenarına diz çöktük.

"Sevgili Tanrım, lütfen Danielle'e okuldaki bu sevimsiz kızlara dayanma gücü ya da lütfen Alexia'ya bir ders ver. Eğer onu şişmanlatırsan benim için hiçbir sakıncası olmaz."

Büyük annemi dirseğimle dürttüm. "Ah, pekâlâ." dedi. *"Sadece Danielle'e bu zor zamanlarında yol göstermeni ve kolaylık sağlamanı diliyorum. İyi bir hava ve çiftliğimiz için de dua ediyoruz. Âmin."*

anna

O kulda çok fazla konuşmam, hiç parmak kaldırmadım. Bu, insanların beni fark etmesini kolaylaştırabilir ve ben fark edilmek istemiyorum. İnsanlar gerçekten de çok acımasız olabiliyorlar. Annem beni bu konuda uyarmıştı. Ve annem her şeyi bilir, bana inanın. Çok yakın arkadaşlarım yok ve olması için de çaba göstermiyorum. Benim en iyi arkadaşım annemdir.

Kimsenin beni fark etmemesi eskiden bir sorun değildi. Her zaman sessizdim ve uslu davrandım; böylece öğretmenler beni kendi hâlime bıraktılar. Çoğunlukla başım önümdedir ve yere bakarım. Ama iyi bir gözlemciyimdir. Örneğin müdiremiz Bayan Williams, alışılmadık bir şey olduğunda gözlerini kırpıştırır. Bunu birkaç yıl önce fark etmiştim. Eğer sessiz kalırsanız çevreye bakmak, dinlemek ve gözlemlemek için zamanınız olur.

Yılın başında ilk dikkatinizi çeken şey, sınıfınız olur. Sınıfımız güzel ve büyük. Kapının hemen karşısında çok büyük camlar var. Bay Terupt'ın masası köşede, o camların hemen yanında yer alıyordu. Öğrenciler dörder masadan oluşan beşli gruplar hâlinde oturuyordu. İşte bu nedenle daha en başında takım çalışmasını destekleyen ve biraz konuşmaya aldırmayan bir öğretmenimiz olacağını biliyordum. Aksi takdirde eski sıralarımızda oturuyor olurduk. Sınıfın ön tarafında kara tahtamız ve hemen arkasında da beyaz tahtamız bulunuyordu. Sınıfın diğer köşesinde ise dolaplarımız, bir lavabo ve bir de su otomatı vardı. Lavabo ve otomat bölümü dışında, odanın tamamı halıyla kaplıydı. Sınıfımızın kapısı da otomatın hemen yanındaydı.

Yılın başında büyük önem gösterdiğiniz bir başka şey de öğretmeninizdir, hele bir de Bay Terupt gibi yeniyse. Daha başında okumayı sevdiğini söyleyebilirdim; çünkü sınıfın her yerinde kitaplar vardı. Bunu söylediğimde annemin çok hoşuna gitti. Annem başka bir okulda kütüphane görevlisi. Bu iyi bir iş. Benimle aynı ders programına sahip ve böylelikle akşamları derslere katılabiliyor. Resim dersleri alıyor, bu, onun gençken elinden kaçırdığı bir fırsat. O gerçekten de çok iyi bir ressam.

Bay Terupt gençti ve atletik bir yapısı vardı. Masasının üzerinde resim yoktu ve alyans da takmıyordu. Koridorun karşısındaki Bayan Newberry'nin de alyansı yoktu. Annemin de.

Bay Terupt değişik birine benziyordu. Beni daha ilk günden fark etti. Elimi kaldırmamamın hiçbir anlamı yoktu. Çünkü o, "Anna, hazırlan. Sıradaki sen olacaksın." demişti. Ya da başka bir konudan söz ediyorsak ve ortada sadece bir tek fikir varsa, "Anna, sen ne düşünüyorsun?" diyebiliyordu.

Yıl boyunca saklanmama izin vermeyecekti. Bu, beni endişelendiriyordu; ama sonunda endişelerimin yersiz olduğunu anladım.

ekim

Peter

Daha önce okuldaki hiçbir şey beni heyecanlandırmamıştı, ama Bay Terupt'la yaptığımız bitki ünitesi beni âdeta ateşledi. Önce tohumlarını ekip fasulyeler yetiştirdik ve filizler yeterince büyüdükten sonra üzerlerinde farklı testler yapmaya başladık. Bay Terupt bu testlere değişkenlikler adını verdi. Önce bitkileri kutuların içine koyduk, yanlarına çok küçük delikler açtık. Ve sonra da bitkiler birkaç gün karanlıkta kaldığında neler olabileceğini görmek için bekledik.

Anna bu fikre karşı çıktı. "Bitkimi bir kutunun içine koymak istemiyorum!" diye ağladı. Bay Terupt onu sakinleştirmek için koridora çıkarmak zorunda kaldı. Oldukça şaşırmıştım. Anna genellikle pek sesini çıkarmazdı. Ne kadar tuhaf biri, diye düşündüm. Hiç arkadaşının olmamasına şaşmamalı. Danielle ile onun eşleştirilmiş olması iyi bir şey. O, sakin bir kızdır. Bir başkası bu duruma çok kızabilirdi. Benim eşim Lexie'ydi ve bu çok iyiydi. Çünkü istediğimi yapmama izin veriyordu.

Daha sonra bitkileri yan yatırdık ve nasıl büyüdüklerini izledik. Gözlerime inanamadım. Bitkiler kıvrıldı ve yine tavana doğru büyümeye devam ettiler. Bu çok harikaydı. Ama en iyisi yaptığımız son deneydi.

Bay Terupt bir hafta boyunca bitkilerimizi istediğimiz karışımla gübrelememize izin verdi. Sadece tek bir kural vardı: Süt gibi yerlere dökülüp sınıfı kirletecek ya da zarar verecek bir malzeme kullanmayacaktık. Ya da ciğerlerimizi etkileyecek gazlı şeyler gibi.

Oldukça ilginç karışımlar yapılmıştı. David ve Nick salata sosu kullandılar; çünkü onlara göre "salatalar bitkilerden yapılıyordu; bu yüzden de bitkiler salataları sevebilirdi." Brenda ve Heather portakal suyunu ketçapla karıştırıp buna bir de mide ilacı eklediler. Akıllarından ne geçiyordu, bilmiyorum! Ama bence en iyisi benimkiydi.

Kullanılmış kedi kumu, soda ve biraz da akçaağaç şurubu getirdim. Malzemeleri karıştırmak için elimden geleni yaptım ve bitkimi gübreledim. Lexie malzeme seçimimden hoşnut değildi. Bu nedenle soda şişesinin içine biraz da işediğimden ona söz etmedim.

"Peter, seni aptal! Bu şeyler bitkimizi öldürecek!" diye sızlandı.

"Kapa çeneni. Daha önce bitkimiz umurunda bile değildi!"

"Evet, ama artık umurumda." diye karşılık verdi.

"Lexie, akçaağaç şurubu ağaçlardan gelir. Ben soda içerek büyüyorum. Çiftçiler bitkilerinin dibine her zaman hayvan gübresi koyar. İşte bu yüzden kapa çeneni. Göreceksin, işe yarayacak."

Bitkimiz iki gün sonra öldü.

Danielle ve Anna iyi bir iş çıkardılar. Danielle büyük annesinin ona öğretmiş olduğu bazı doğal malzemeler kullandı.

Sanırım eski çiftçilerin gerçekten de kullandığı şeylerdi. Danielle bir çiftlikte yaşıyor ve bu yüzden büyük bir avantaja sahip. Onun karışımı işe yaradı. Büyük başarı! O ve Anna bitkinin hoşuna giden karışımı bulan tek çift oldu.

Lexie, "Danielle eşin olduğu için çok şanslısın. Ne de olsa her şeyi o yaptı." diyene dek Anna sürekli gülümsüyordu. Sonra Lexie bana döndü ve, "Her ne kadar şişko olsa da!" diye ekledi. Kimsenin duyduğunu sanmıyorum; ama güldüm. Aslında gülmemem gerektiğini biliyorum. Anna'nın gülümsemesi kayboldu ve yere bakmaya başladı.

Zavallı Luke gerçekten çabaladı. Sanırım bu iş için fazla kafa patlattı. Ve o gerçekten çok zeki bir çocuk. Anaokulundan beri okulun en zeki çocuğu o. Eşi Jeffrey'di, ama Jeffrey hiçbir zaman bir şey yapmaz. O yüzden Luke'un sorumluluğu üstüne almasına izin verdi. Belki de yardımcı olmalıydı.

"Farklı sayıda malzemeler getirdim. Bu malzemeler elektron dengeleri ve sonuç olarak oluşacak bağ sayesinde mükemmel bir şekilde etkileşecek." Hatta periyodik cetvel ya da buna benzer çılgınca bir şeyler bile söyledi.

Pekâlâ, buna asla inanmayacaksınız ama Luke malzemelerini karıştırdı ve karışımdan ansızın dumanlar çıkmaya başladı. Çok geçmeden aptal yangın alarmı çalmaya başlamıştı. Okulun tamamı dışarı çıkmak zorunda kaldı, hatta itfaiye bile geldi. Bu harikaydı!

Bay Terupt gerekli açıklamaları yaptıktan bir süre sonra içeri girmemize izin verdiler, ama Luke bizim için başka deney yapmayacaktı.

Bay Terupt'la her şey çok eğlenceliydi.

LUKE

Eğlenceli matematikten berbat fen dersine geçiş yaptık. Fen projemizle ilgili hoşuma gitmeyen tek şey, eşle çalışmak zorunda olmamızdı. Projelerimi tek başıma yapmayı tercih ederim. Ama Bay Terupt bizleri gruplar hâlinde eşleştirdi. Bitkiler üzerinde çalışıyorduk ve Bay Terupt herkesin kendine ait bir bitkisi olması için yeterli alana sahip olmadığımızı söyledi. Benim partnerim Jeffrey'di. Ve ister inanın ister inanmayın, işler harika gitti. Çünkü Jeffrey ne istersem yapmama izin verdi. Umurunda bile değildi. Tek kötü tarafı, sürekli *suratsız* (dolar sözcüğü) olmasıydı.

Bitkimizi kenarında sadece küçük bir deliği olan bir kutuya tıktıktan sonra ışığa doğru nasıl büyüdüğünü gözlemleyerek fototropizm üzerinde çalıştık. Daha sonra bitkimizi birkaç gün yana yatırmamıza karşın tavana doğru nasıl büyüdüğünü gözlemleyerek jeotropizm üzerine yoğunlaştık. Ve sonunda kendi başımıza çalışma fırsatına sahip olduk.

Bay Terupt bitkiler için yeni gübreler hazırlamamızı söyledi. "Onları dilediğiniz malzemeyle gübreleyebilirsiniz." dedi. "Kendi karışımlarınızı hazırlayın."

O gün eve koşup periyodik cetvelimi çalıştım. Geçen yılbaşı hediye olarak birkaç özel kimya seti almıştım. Hidrojen ve oksijen, su oluşturmak için bir araya geldiklerinde özel bir kimyasal bağ ortaya çıkıyordu. İşte bu nedenle seçtiğim herhangi *moleküler* (dolar sözcüğü) malzemeyle bu özel bağı yeniden yaratmam gerektiğine karar verdim. Setimdeki kimyasallara baktım ve içlerinden hidrojen-oksijendekine benzer tipte elektron dengesini oluşturabilecek olanları seçtim.

Malzemelerimi okula götürdüm, ölçmek ve karıştırmak için hazırladım. Jeffrey tam da bu noktada konuyla ilgilenmeye başladı. Öte yandan, Bay Terupt deneyimden hoşnut görünmese de beni asla engellemedi.

"Luke, kimyasalları karıştırdığında bazen bir tepki oluşabilir ve bu da *patlamaya* (dolar sözcüğü) neden olabilir."

"Biliyorum." diye karşılık verdim.

Bay Terupt, "Belki de neler olacağını bilmeksizin sınıfta karıştırmamalıyız." diye devam etti. "Güvenli olmayabilir."

"Bu karışımların tümü evdeki kimya setimden. Annem de gördü. Kesinlikle güvenlidir." derken Bay Terupt'ı ikna etmek için elimden geleni yapmaya çalışıyordum.

Anneme ya da Bay Terupt'a babamın garajından aldığım diğer birkaç malzemeden söz etmemiştim. Ama işe yarayacaklarını biliyordum.

"Hey çocuklar, buraya gelin ve Luke'un karıştırdığı şu malzemelere bir bakın!" diye bağırdı Chris.

Malzemelerimi bir kabın içinde karıştırmaya başlarken herkesin arkamda toplandığını hissedebiliyordum. Ama daha bitkimi gübreleyemeden bir şey oldu. Önce kap ısınmaya başladı, sonra çok sıcak oldu. Karışım koyu yeşil bir renk aldı ve sonra da grileşti. Önce yavaşça sonra da hızlıca köpürmeye başladı. Bunun kötü olduğunu biliyordum.

Karışımımdan dumanlar çıkmaya başlamıştı. Ve ansızın yangın alarmı kulaklarımı tırmalamaya başladı. Ardından duyabildiğim tek şey, Peter'ın kahkahasıydı. "Bu harika!" diye bağırıyordu. "Aferin sana, muhteşem Luke!"

Bay Terupt, "Dışarı! Hemen herkes dışarı!" diye emretti.

Ben bitmiştim. Bundan emindim.

Yine yanılmışım.

Bay Terupt, Bayan Williams'la konuştu ve olan biten her şey için suçu üzerine aldı. Hatta beklenmedik bir yangın alarmı karşısında hemen okulun çevresinde dolanan itfaiye şefine bile göğüs gerdi. Şef (dolar sözcüğü) posterlerimizin koridordan kaldırılmasını istemişti. Posterlerin yangına sebep olabileceğini iddia ediyordu. Jeffrey, Bay Terupt'ın çıkışının çok önemli olduğunu düşünüyordu.

"Öteki adama hayır derken Bay Terupt'ı gördün mü? Posterlerimizi indirmeyi reddetti."

"Gördüm." diye karşılık verdim. Aynı zamanda gözümün önüne kabımdan çıkan dumanlar geliyordu. Asla bir *botanikçi* (dolar sözcüğü) olamayacaktım.

En azından Jeffrey bir şeye karşı heyecan duymuştu.

Bay Terupt keşke bize bu kadar güvenmeseydi. Bunun nedeni, belki de ilk yılı olmasıydı. Yine de ben nedeninin bu olduğunu sanmıyorum. Bence bunun nedeni, Bay Terupt'ın özel bir öğretmen olmasıydı.

Jeffrey

Luke bitkimizle uğraşıyordu. Dumanın yükseldiğini gördüm. Neler olacağını biliyordum. Bay Terupt da biliyordu; çünkü onun doğruca camlara gittiğini gördüm. Ama yeterince hızlı değildi. Alarm yine de devreye girdi. Luke yüzünden bütün okul dışarı çıkmak zorunda kaldı.

İçeri döndüğümüzde, bir adam koridorda temizlik görevlilerimiz Bay Lumas ve Bay Ruddy'yle konuşuyordu. Bay Terupt bizi sınıfa gönderdi; ama kendisi koridorda kaldı. Ben de onları dinlemek için kapının arkasına saklandım.

"Hepsi!" diye bağırdı adam. "Hepsinin duvarlardan sökülmesini istiyorum!" Matematik projelerimizi işaret ediyordu.

Bay Lumas, Bay Terupt'a baktı. "Onu duydunuz." dedi.

Bay Terupt, "Onları indirmiyorum." diye karşılık verdi.

Bay Ruddy, "Onun kim olduğunu biliyor musunuz?" diye sordu. "O itfaiye şefi."

"Onun kim olduğu umurumda değil. Posterleri indirmiyorum." diye yineledi. Daha sonra itfaiye şefine döndü ve, "Çocuklarımın bu posterler için ne kadar çalıştığına dair hiçbir fikriniz yok!" diye ekledi.

Posterlerimizi işaret ediyordu. Özellikle de benimkini. Üzerinde bir tek kelime vardı. *Aptal* yazıyordu ve bu dolar sözcüğü bile değildi. Birden kendimi çok kötü hissettim; çünkü Bay Terupt'ın ödevi için çabalamamıştım.

İtfaiye şefi biraz daha söylendikten sonra gitti. Posterler duvarlarda kaldı. Umarım kendini aptal gibi hissetmiştir.

Bay Terupt sınıfa döndü. Peter yerinde değildi. "Bay Terupt, az önce o adamı fena benzettiniz!" derken ortada dans ediyordu. "Bu gerçekten harikaydı!"

"Hayır, öyle yapmadım." diye karşılık verdi Bay Terupt. "Yerine otur. Bunu görmen gerekmiyordu."

Ama ben görmüş ve duymuştum. Bay Terupt bize arka çıkmıştı. Okul koridorunda her zaman posterler olurdu ve bugüne dek hiç yangın tehlikesi oluşturmamışlardı. Sanırım itfaiye şefi yanlış alarm nedeniyle kızgındı ve sanırım Bay Terupt da bunun farkındaydı. Onlara fırsat vermeyecekti. Zorlu çalışmalarımız Bay Terupt için önemliydi, benimki bile. Şimdi ona borçlanmıştım. Biraz çabalamam gerekiyordu, bunu az da olsa yapmalıydım.

anna

Bitkimin ölmesini istemedim. Onu bir kutuya koymak istemedim. Herkes bana bakıyordu. Ve ben ağlamaya başladım.

Bay Terupt beni koridora çıkardı. "Anna, sorun ne?" diye sordu.

"Bitkimi öldürmek istemiyorum." diye ağzımdan kaçırdım. Yaslandığım yerden aşağıya doğru kaydım ve başımı ellerimin arasına aldım.

"Bitkini öldürmeyeceğiz." dedi Bay Terupt önümde diz çökerek.

"Hayır, öldüreceksiniz." dedim. "Eğer onu bir kutuya koyarsak ölür."

"Ölmeden önce çıkartacağız." diye söz verdi.

"Hayır. Ona zarar vermek istemiyorum."

"Bak sana ne diyeceğim Anna, gel senin bitkin için sıralanmış deneyleri yapalım. Yapmalıyız, çünkü eşin Danielle ve onun da sonuçları görmesi gerekiyor. İşimiz bitince de *benim* bitkimi almana izin vereceğim. Hem de bizim kontrolümüzde. Hani şu üzerinde hiçbir şey denemediğimiz."

Yine de bitkime zarar verme fikrinden hoşlanmıyordum, ama kontrolü elime alma fikri hoşuma gitmişti. Sanırım Bay Terupt tereddüdümü fark etti.

"Ayrıca, Danielle'le birlikte çalıştığın için bence bitkiniz çok iyi olacak."

Danielle'i o kadar iyi tanımıyorum. Daha önce hiç benim sınıfımda olmamıştı. Tatlı birine benziyor. Ondan hoşlandım. Bazen Alexia'yla arkadaş oluyor. Neden bilmiyorum. Alexia yerine Danielle'le eşleştiğim için mutluyum. Daha önce hiç Alexia'nın sınıfında olmamıştım; ama sevimsiz biri olduğunu görebiliyorum. Sanırım tüm kızlar onun sözünü dinliyor. Katie, Emily, Heather, Natalie... hepsi. Ben hariç. Ben ondan uzak duruyorum.

Annem beni o popülerlik saçmalıklarına bulaşmamam konusunda uyarmıştı. Kendisi de daha önce dışlanmıştı. Yani kimse onunla arkadaşlık etmek istememiş. Annem, bana bunun sanki bir grup insanın el ele tutuşması ve seni asla çemberin içine almaması gibi bir şey olduğunu anlatmıştı. O her zaman çemberin dışında kalmış. Annem bunun bana olmasını asla istemez. Bu olay annem on altı yaşında ve bana hamileyken olmuş. Kendi anne babası bile ondan uzak durmuştu. İşte bu yüzden annem ben doğduktan kısa bir süre sonra okulu bırakıp başka yere taşınmıştı. Babamla oturmaya çalışmış (onu hiç görmedim) ama bu işe yaramamış, babam onu terk etmişti. Annem biraz daha büyüdüğümde, babam ve tüm olan bitenle ilgili konuşabileceğimizi söylüyor. Tek bildiğim, onun iyi bir adam olduğu. Büyük annem ve büyük babam (onları da hiç görmedim) hâlâ bizi istemiyor. Annem evden ayrıldıktan sonra onlar da uzağa taşınmışlar. Annem genç olabilir ama yine de harika bir anne. En iyi arkadaşım ve ben onu çok seviyorum. Birini severseniz, sadece hata yaptılar diye onlardan vazgeçmezsiniz. Bay Terupt ayağa kalkmama yardım etti. "Bana bu konuda güvenebilirsin." dedi. "Olumlu düşün."

Birlikte sınıfa döndük. Bitkim kutunun içine girdi ve birkaç gün sonra biraz sarı ve yeni dalları olmaksızın geri geldi. Ama yine de yaşıyordu! Yana doğru yatırmak tehlikeli değildi, bu teste karşı çıkmamıştım. Sonra sıra bitkimizi istediğimiz şeylerle gübrelemeye geldi.

Bay Terupt haklıydı. Danielle ne yaptığını biliyordu. "Burada karıştırabileceğimiz şeylerin bir listesi var." dedi.

Listeyi okudum. İçindekilerin hiçbirini tanımıyordum. Peki, o bunları nasıl bilebilirdi?

"Büyük annem yardım etti. Bir şeyler yetiştirmekte her zaman çok başarılıdır. Onun sayesinde çiftlikte sağlıklı mısırlarımız var."

İkimiz de malzemelerin bir kısmını getirdik. Onları karıştırıp bitkimizi gübreledik. Hayatta kalan tek bitki bizimki oldu! Yeşillendi, büyüdü, büyüdü ve büyüdü.

Bay Terupt'ın kontrol bitkisini eve götürdüm; ama Danielle'le birlikte kendi bitkimizi okulda bırakmaya karar verdik. Ona bakmaya devam ettik ve herkes büyümesini izledi. Neredeyse tavana dek ulaştı, perdeliklerin üzerinden kordonlara dolandı. Ve bir gün onu devrilmiş bir hâlde bulduk. Süper bitkimiz her nasılsa pencere kenarından düşüvermişti. Kimse bunun nasıl olduğunu bilmiyordu. Ama benim bunun hakkında bir fikrim vardı. Eminim bunu Alexia yapmıştı, çünkü bitkimiz tam da Alexia'nın Danielle'e kötü davrandığı günlerden birinde devrilmişti.

Bay Terupt kontrol bitkisini eve götürmeme izin verdiği için çok mutluydum. Alexia'nın ona da zarar vermesini istemiyordum.

Danielle'in eşi olmak hoşuma gitmişti. Şimdi merak ediyorum da acaba Bay Terupt, Danielle'le aramızda başlattığı şeyin farkında mıydı?

Jessica

2. Perde, 1. Sahne

Günlük rutinimde Danielle ve Anna hariç –onlar yalnız oturuyorlardı– Alexia ve diğer kızlarla öğle yemeği yemek ve sonra da teneffüse çıkmak yer alıyordu. Alexia, Danielle'i üzmeyi eğlenceli buluyordu.

Ben de tam o sırada *Belle Teal* kitabımı bitiyordum. Belle'yi sevmiştim. Arkadaşım olmasını isterdim. Dürüst ve cesaretliydi. Belle, benim yerimde olsa ne yapardı? Buna yanıt vermek çok kolaydı. O, doğru olan şeyi yapardı. Ve doğru şeyi yapmak demek, birilerine şans vermek anlamına geliyordu. Danielle, Alexia'nın anlattığı gibi birine benzemiyordu. Danielle'le konuşup gerçeği öğrenmenin zamanı geldiğine karar verdim.

2. Perde, 2. Sahne

Bir sonraki gün teneffüste Danielle'i bulmaya karar verdim. Onu uzaktan da olsa fark etmiştim. Elindeki sopayla toprağa bir şeyler çiziyordu.

Kırmızı Eğrelti Otunun Büyüdüğü Yer adlı son kitabımı biraz daha sıkı kavrayarak ona yaklaştım ve, "Merhaba Danielle." dedim.

"Ne istiyorsun?" diye karşılık verdi. Elindeki dalı o kadar sert yere vurdu ki sopanın ortasından çatırtılar geldi. Danielle diğer tarafa döndü. Ağlıyor gibi görünüyordu.

"İyi misin?" diye sorup biraz daha yakınlaştım.

"Hayır. Lexie bana çok kötü davranıyor ve hepsi senin hatan!" Sopasını yere fırlattı.

Benim hatam mı? Beni mi suçluyordu? Neden bunu daha önce fark etmemiştim? Bu son derece mantıklıydı. Ben yeni gelen kızdım ve benim gelişim onun gruptan çıkarılmasına neden olmuştu.

"Özür dilerim." diye karşılık verdim. Orada dikilmeye devam ettim. California'ya dönmek istiyordum. Babamı özlemiştim.

Danielle parmağıyla yere resimler çizmeye başladı. "Öyle söylediğim için özür dilerim. Bu senin hatan değil."

Yanına oturdum.

"Her şeyi yapan Lexie, beni görmezden geliyor, hakkımda konuşuyor, kötü şeyler söylüyor. Öğle yemeklerinde benimle oturmuyor. Benimle oynamıyor. Ve şimdi diğer kızlar da onun gibi yapıyor. Onlar her zaman Alexia ne derse onu yaparlar. Bana hâlâ iyi davranan tek kişi Anna ve benim onunla arkadaş olmamam gerekiyor."

"Peki, neden?" diye sordum.

"Ailem, özellikle de büyük annem onun kötü tohum olduğunu düşünüyor."

"Anlamadım?"

"Annem ve babam, onun büyük anne ve büyük babasını tanıyorlarmış..."

"Sanırım onun anne ve babasını demek istedin."

"Hayır, büyük anne ve büyük babasını." Danielle toprakla oynamayı bırakıp açıklamak için bana döndü. "Annem ve babam kırk yedi yaşındalar. Annem büyük ağabeyim Charlie'yi yirmi yaşındayken doğurmuş, Anna'nın büyük annesiyle aynı zamanda. Kiliseden arkadaşlarmış ve bu yüzden birbirlerini tanıyorlarmış. Charlie yirmi yedi yaşında, yani Anna'nın annesi de yirmi yedi yaşında."

"Ve Anna on bir yaşında." dedikten sonra hızla parçaları birleştirdim. "Yani Anna doğduğunda annesi on altı yaşındaymış."

"Evet, bu doğru." diye karşılık verdi Danielle.

"Ve ailen, özellikle de büyük annen Anna'nın kötü bir tohum olabileceğini mi düşünüyor?"

Danielle, "Evet." diye karşılık verdi. "Sanırım Anna'nın da annesi gibi olacağını düşünüyorlar. Ve bu, kiliseye gidenlerin görüşebileceği tipte insanlara uymuyor."

Duyduklarımdan hoşlanmamıştım. Bunların tümü Anna'ya haksızlıktı; yine de annesinin hikâyesiyle ilgili biraz daha bilgi edinmek istedim.

"Anna doğduktan sonra ne olmuş?"

"Tam olarak emin değilim. Tek bildiğim, artık sadece Anna ve annesi var."

Sakin bir ses tonuyla, "Bunların hiçbiri onun hatası değil." dedim.

Danielle başıyla onayladı. Öne doğru eğilip yeniden bir şeyler çizmeye başladı. Onu daha fazla zorlamamaya karar verdim. O da bu konuda üzgün görünüyordu.

"Ben seninle oynarım." dedim.

"Oynar mısın?" Danielle'in çamurlu ve gözyaşlarıyla kaplı yüzünde hafif bir gülümseme belirdi.

"Elbette. Ve ben Alexia'yı dinlemem. *Kırmızı Eğrelti Otu-nun Büyüdüğü Yer* adlı kitabımı yanıma koydum ve parmağımı toprağa daldırdım.

"O kitabı biliyorum. Büyük annem bana okumuştu."

"Çok güzel bir kitap." dedim. "Herkes köpekli bir karakteri sever. Babam böyle demişti."

"Üzücü bir hikâye. Ama sana neler olduğunu söylemeyeceğim."

"Lütfen söyleme. Yine de ben bitirdikten sonra konuşabiliriz."

Danielle, "Anlaştık." diyerek omuz silkti.

Teneffüs zili çalana dek orada oturup toprağa resimler çizdik. Teneffüs bitmişti. Ayağa kalkıp üzerimizi temizledik. İşte tam o sırada Danielle'in toprağa çizdiği iki köpek resmini gördüm.

"Danielle, bu köpek resimleri muhteşem."

"Teşekkür ederim."

Danielle'i sevmiştim. Onun hakkında öğrenebileceğim bir sürü ilginç şey vardı. Kitabımı aldım ve okula doğru yürümeye başladık. Sonra Anna'yı tek başına dolaşırken gördüm. Acaba gerçekten yalnız kalmak mı istiyordu? Yoksa arkadaşlarının olmasını ister miydi? Neden görünmez olmak için bu kadar çaba sarf ediyordu? Ailesinin durumundan mı utanıyordu? Ve acaba kaç kişi annesinin bu durumundan haberdardı?

2. Perde, 3. Sahne

Danielle'le yürürken ansızın hızlandı ve koşarak içeri girdi. Çevreme şöyle bir göz atınca nedenini görebildim. Alexia tam karşımda duruyordu.

"Sen ne yaptığını sanıyorsun? Sanırım sana onunla arkadaş falan olmamanı söylemiştim." Konuşurken Alexia'nın boynu titriyordu. Bu hâli bana kafaları sallanan oyuncak köpekleri hatırlatmıştı. Ellerini leopar desenli kalçasına koyarak yolumu kesmişti.

"Danielle kötü biri değil. Ayrıca istediğim herkesle oynayabilirim."

"Peki. O hâlde, sen artık benim arkadaşım falan değilsin." diye karşılık verdi Alexia. *Kırmızı Eğrelti Otunun Büyüdüğü Yer* kitabıma vurup yere düşürdü. Sonra arkasını döndü ve içeri girdi.

Üzgün değildim ama aptal da değildim. Alexia'nın hayatımı kâbusa çevireceğini biliyordum. Bu, onun oyunuydu. Ve bu konuda oldukça iyiydi. İşlerin ne kadar kötü gidebileceğine dair hiçbir fikrim yoktu.

Alexia

Jessica'yı Danielle'le konuşurken gördüm. Onları birlikte oynarken gördüm. Bu ihanet senin için hiç iyi olmayacak California'lı Bayan Mükemmel. Bunun bedelini ödeyecekti.

Teneffüs biterken hemen yanına gittim ve elindeki aptal kitabını vurarak yere düşürdüm. Kim olduğunu sanıyordu ki? Bana karşı gelip bundan rahatça sıyrılmasına izin veremem. Yoksa başkaları da aynısını yapabileceklerini düşünebilirler. Bunun olmasına izin vermeyecektim. Kimse Alexia'ya bulaşamaz.

Daha sonra bir de Danielle'le ilgilenmek zorunda kaldım. Onu içeride yakaladım ve tuvalete dek izledim. "Ne yapıyorsun?" falan diye sordum.

Lavaboya yaslandı, "Hiçbir şey. Sorun ne?" diye karşılık verdi.

"Yeni kızla arkadaş olduğuna göre delisin. Sana senin hakkında kötü şeyler söylediğini anlatmıştım. Senin üzerine leş gibi ahır kokusu sindiğini söylüyordu. Şimdi de, 'Kim daha büyük, Danielle mi inekler mi?' diye soruyor."

İşte Danielle ağlamaya başlamıştı. Gol! Ona sarıldım. "Biz çok uzun zamandır arkadaşız Danielle. İkinci sınıftan beri. Ve ona ihtiyacımız yok." falan dedim. Hâlâ ağlıyordu. Ona tekrar sarıldım. Bu, sana benimle uğraşmamayı öğretecek Bayan Mükemmel, dedim içimden.

Danielle'i serbest bıraktım ve aynaya doğru yürüdüm. Saç tokamı ve fularımı düzelttim. Dudaklarıma biraz daha pembe dudak parlatıcısından sürdüm.

"Merak etme Danielle, onu mahvedeceğiz." falan dedim.

Danielle

Teneffüste Jessica'yla konuştum ve oynadım. Lexie'yle yaşadığım sorunlar onun hatası değildi. Jessica'ya Anna'dan söz ettim. Jessica, Anna'nın tatlı biri olduğunu düşünüyordu ve bence bu doğruydu. Anna, fen projesinde benim eşim olmuştu ve onunla çalışmaktan hoşlanmıştım.

Evde Anna'dan ilk söz ettiğimde büyük annem, "O kızdan uzak duracaksın, beni duydun mu?" demişti.

Annem, "Büyük annen haklı Danielle. O kız kötü bir aileden geliyor." demişti. "O da kötü bir tohum olacaktır."

Nedenini öğrenmek istemiştim, böylece büyük annem bana Anna'nın ailesinin hikâyesini anlatmıştı. Sadece dinlemiş, ama tanıdığım Anna'yı düşünmekten kendimi alamamıştım. Hiç de kötü birine benzemiyordu. Aslında ondan hoşlanmıştım bile. Onun arkadaşım olmasını istiyordum. Ve onun evine gitmediğim sürece Anna'yla okulda arkadaş olabileceğimi fark ettim.

Çok geçmeden içeri girme zamanı gelmişti. Lexie'nin bize yaklaştığını görene dek Jessica'yla birlikte yürüdüm. Çılgına dönmüş gibiydi. Gerçekten çıldırmıştı. Buzağısını korumaya çalışan bir anne inekten farkı yoktu. Hızla içeri girdim. Kavga etmek istemiyordum. Jessica'yı geride bıraktığım için kendimi kötü hissetmiş; ama Lexie'yi görmezden gelmek istemiştim. Koşmaya devam ettim ve tuvalete saklandım, fakat Lexie beni buldu.

Tuvaletin kapısı hızla açıldı ve Lexie'yle burun buruna geldim. Jessica'nın benim hakkımda söylediği tüm o kötü şeyleri anlattı.

"Hatta Katie ya da Emily'ye falan da sorabilirsin. Sana anlatırlar. Küçük, ikiyüzlü Bayan California. Yüzüne karşı gülüp arkandan konuşuyor. Ondan uzak durmalısın."

Ağlamaya başladım. Jessica neden hakkımda o kötü şeyleri söylüyordu ki? Lexie bir iki saniye bana sarıldı, oysa bu kendimi iyi hissetmemi sağlamadı. Daha sonra lavabolara doğru yürüdü. Aynanın karşısında dikilip saçını ve üstünü düzeltti. "Bir şey daha öğrenmek ister misin?" diye sordu. "Bitkini Jessica öldürdü. Bilerek onu devirdi falan. Bana söyledi."

Lexie'yi ikinci sınıftan, bir zamanlar sevimli olduğu günlerden beri tanırdım. Bir seferinde ilkbaharda bizim eve bile gelmişti. Ama tüylü atkısı çiftlik havasına pek uygun kaçmadığı için onu kaşındırmış ve bir daha adım atmamıştı. Sonra üçüncü sınıftayken kötü oyunlarına başladı, ben de bu yüzden evlerine hiç gitmedim. Lexie öyle söylediği zamanlarda okulda arkadaştık ve hepsi buydu. Büyük annem Lexie'nin hayatında bizlerin bilmediği bir şeyler olduğunu söylüyor, ayrıca onunla arkadaş olmamanın daha iyi olacağını da. Ama ben onun için endişeleniyordum. Gerçek neydi? Arkadaş olabileceğim hiç kimse yok muydu?

Sevgili Tanrım,

Ben Danielle. Tüm bu kız işlerinin içinden çıkabilmek için yardımını istiyorum. Umarım senin için bir sakıncası yoktur. Büyük annem karışmazsa daha mutlu olurum. O, beni her zaman anlayamayabiliyor. Teşekkür ederim, âmin.

kasım

LUKE

Aylardan kasımdı. Anlaşılan, Bay Terupt bizi yine bir matematik *bilmecesinin* (dolar sözcüğü) içine sokmaya hazırlanıyordu.

Bir gün, "Futbol sahasında kaç çimen yaprağı olduğunu bulmaya çalışacağız." dedi.

Peter, "Ne? Bize çimleri mi saydıracaksınız?" diye bağırdı. "Bu çılgınlık!"

"Bu mümkün değil!" Bu kez *haykıran* (dolar sözcüğü) Nick'ti.

"Bunu nasıl yapacağız?" diye sordu Tommy.

Ben elimi kaldırdım.

"Evet Luke."

"Toplam sayıyı tahmin edeceğiz demek istiyorsunuz, değil mi?"

"Hem evet, hem de hayır." diye karşılık verdi Bay Terupt. "Mantıklı bir tahmin yapabilmek için bazı hesaplamalar yapacağız."

Peter'ın haklı olabileceğini düşünmeye başlamıştım.

"Evet, bu iş gerçekten de zor olacak, ama yapabileceğimizi biliyorum." diye ekledi Bay Terupt. "Ayrıca, yaptığımız her şey kolay olsaydı, hiçbir şey öğrenmezdiniz. Öğrenebilmek için çaba göstermemiz gerekir."

Bay Terupt çaba göstermemiz konusunda haklıydı. Hiçbirimizin çimleri nasıl sayacağımız konusunda bir fikri yoktu. Ama yaptık.

Bay Terupt bize örneklemeyi ve hükümetimizin nüfus sayımını nasıl yaptığını anlattıktan sonra, benim önerim üzerine on santimetre karelik alanı saymak istediğimize karar verdik. Daha sonra kartondan on santimetre karelik büyük parçalar ölçtük ve sonunda elimizde, ortasında on santimetre karelik bir boşluk olan karton kaldı. Bu da Bay Terupt'ın önerisiydi. Artık kartonumuzu sahada dolaştırabilir ve on santimetre karelik örneklemeler yapabilirdik. Buraya dek her şey iyiydi. Artık dışarı çıkma zamanı gelmişti.

Merdivenlerden aşağıya indik ve ön kapıya doğru yöneldik. Daha sonra binanın sonuna dek çılgınca koştuk. Futbol sahası okulun hemen yanında bizi bekliyordu.

Peter

Eğilmiş çimlerin yapraklarını sayıyordu. Bu mükemmel bir fırsattı. Bay Terupt birilerine yardım etmekle meşguldü, yani beni iş üzerindeyken göremeyecekti.

Kartonu en iyi şekilde kavradım, dizlerimi biraz büktüm ve bir frizbi gibi fırlattım. Havada âdeta bir savaş jetinden ateşlenmiş füze gibi vızıldadı. Tam isabet!

Lexie, "Ay!" diye bağırdı. "Popom!"

Neredeyse gülmekten ölüyordum. Dizlerimin üstüne çöktüm ve deliler gibi güldüm. Bir türlü duramıyordum. Soluk bile alamaz hâldeydim. Diğer çocuklar da gülüyorlardı.

Lexie "poposu" ve benim bir pislik olmam hakkında bir şeyler söylendi. Eğlenceyi kaçırmış olanlar, "Ne oldu? Ne oldu?" diye soruyordu. Bay Terupt dışında herkes.

Lexie'nin yaralanmadığından emin olmak için hemen yanımıza geldi.

Lexie "poposunu" tutmuş zıplıyor ve, "Ay! Ay! Ay!" diye bağırmaya devam ediyordu. Tam bir ilgi hastasıydı. Genellikle öğretmenler, acıyan yeri kontrol ederler; ama bu kez Bay Terupt'ın böyle bir şey yapabileceğini pek sanmıyordum.

Bay Terupt bana dönüp, "Peter, bu hiç komik değil." dedi. "Birileri yaralanabilirdi. Kimseyi gözünden vurmadığın için şanslısın. Şimdi git ve kenarda otur."

Gidip oturdum. Çok dert değildi. Orada olsaydınız benimle aynı fikirde olurdunuz, bu çok ama çok eğlenceliydi.

LUKE

Çevreye dağılmış, kartonlarımızı çimin üstüne koyup hesap yapmaya çalışıyorduk. Bay Terupt kartonun bir oyuncak olmadığı ve fırlatmamamız gerektiği konusunda bizi uyarmış olsa da Peter dinlemeyip kartonunu bir frizbi gibi savurdu.

Belki o gün olanlar farklı yaşansaydı sonunda da her şey çok farklı bitebilirdi. Sanırım daha sonra yaşanan felaketi, o gün futbol sahasında olanlar hazırladı.

Peter her zamanki sinsiliğiyle çevrede dolaşıp orayı burayı sayıyordu. Ama Alexia'nın kendi alanına doğru eğildiğini görür görmez heyecanlandı ve kartonunu ona doğru savurdu. Bu Alexia'yı tam da poposundan vuran harika bir *servis* (dolar sözcüğü) oldu.

"Ay!" diye bağırdı Alexia. "Kahretsin!"

Bay Terupt hızla o tarafa *döndü* (dolar sözcüğü) ve, "Ne oldu?" diye sordu.

Alexia, "Birileri beni kartonuyla popomdan falan vurdu." diyerek ağladı.

"Sen iyi misin?" diye sordu Bay Terupt.

"Evet."

Bay Terupt bize döndü ve şöyle bir baktı. Biz, deli gibi gülüyorduk. Ve onun da başını iki yana sallayıp bu olanlara gülümsediğini gördüğüme yemin edebilirim. "Peter, lütfen buraya gelir misin?"

"Neden ben?" diye karşı çıktı Peter.

"Çünkü hepimiz senin popo bölgesini ne kadar çok sevdiğini biliyoruz, öyle değil mi?"

Klasik Bay Terupt. Bağırıp çağırmak yerine, ciddi bir şekilde de olsa konuyla dalga geçiyordu. Etkinliğin geri kalanında Peter'ı köşeye çekti ve onunla konuştu. Peter masummuş gibi davranmadı. Ama daha önce de söylediğim gibi, bu olanlar sonra yaşanacaklara yol açmıştı. Her şey çok komik görünüyordu. Kimse yaralanmamıştı. Peter kenarda oturmuştu. Hepsi buydu.

Saymayı ve hesaplamayı bitirdikten sonra sınıfa geri döndük ve elimizdeki bilgilerin ortalamalarını almayı öğrendik. Daha sonra ortalama rakamlarımızı, futbol sahasının kaç kareden oluşabileceğini hesaplamak için kullandık. Futbol sahamızda 77.537.412 çimen yaprağı vardı. Bu tabii ki net rakam değildi, yine de tüm hesaplamalarımıza dayanan doğru bir tahmindi. Vay canına! Bu projeyi yaparken çok şey öğrenmiştim. Öğretmenlerimden almaya alışık olduğum o aptal ödevlere benzemiyordu. Bizler matematik *sihirbazlarıydık* (dolar sözcüğü).

Jessica

3. Perde, 1. Sahne

İşler hiç iyiye gitmiyordu. Belle Teal gibi düşünüp Danielle'e iyi davranarak Lexie'ye ihanet etmiştim. Ve sonra ansızın Danielle bana karşı cephe almıştı. Hem de hiç uyarmaksızın. Bunun arkasında Alexia'nın olduğunu biliyordum. Yalnız kalmıştım. Belle gibi, kitaplarımdaki arkadaşlarım ve Anna hariç.

Kasımda Bay Terupt bizi bütün sınıfın okuyacağı bir kitapla tanıştırdı. Bu Betsy Byars'ın *Kuğuların Yazı* adlı kitabıydı. Bu kitabı ya da Bayan Byars'a ait hiçbir kitabı okumamıştım.

Bay Terupt, "Bu kitap 1971'de Newbery Medal Ödülü'nü kazandı." dedi. Kitabı havaya kaldırdı. "Siz beylerin düşündüğü gibi aksiyonla dolu değil; ama bizlere düşünmek, öğrenmek ve belki de değişmemiz için çok şey verecek bir kitap."

Yerimde doğruldum, heyecanlanmıştım. Peter homurdandı. Alexia ise her zamanki gibi başka bir dünyadaydı. Erkek-

Sınıftan Yükselen Sesler / F: 5

ler yüzlerini astılar, kızlar birbirlerine baktı. Ve Bay Terupt bir adım daha ileri gitti.

"Bu kitabı sadece okumakla kalmayacağız." dedi. "Onunla ilgili bir etkinlik yapacağız. Bu sürekli bir etkinlik olacak. Daha çok bir deneyim gibi."

Alexia uzaydan aramıza dönüp artık dinlemeye başlamıştı.

Peter, "Ne tür bir etkinlik?" diye sordu. "Umarım o aptal kitap projelerinden biri değildir. Onlardan nefret ediyorum."

"Hayır. Bir proje değil. Ben de o tür şeylerden hoşlanmıyorum." diye karşılık verdi Bay Terupt.

Aklında ne olduğunu merak ettim.

"Bizden bir karakteri giydirmemizi isteyeceksiniz, öyle değil mi?" diye sordu Alexia. "Ah, bunu yapmaya bayılıyorum."

"Kendine gel!" diye çıkıştı Peter.

Jeffrey, "Siz ikiniz biraz susup Bay Terupt'ın bitirmesine izin verecek misiniz?" dedi.

Bu işe yaramıştı. Kimse araya girmedi ve Bay Terupt açıklamaya devam etti.

"Sizlerin bu kitap üzerine *düşünmenizi* istiyorum. Hikâyede Charlie adında Down sendromlu bir çocuk (Bu, ruhsal bozukluk anlamına gelir.) ve sizden çok da büyük olmayan kız kardeşi Sara var. İkisinin oldukça özel bir ilişkisi var. İşte ben de hepinizin bununla ilgili düşünmesini istiyorum." Bay Terupt bir an için durdu ve nasıl olduysa, hepimiz sessizliğimizi koruduk. Sonra devam etti. "Bu nedenle ilerleyen haftalarda alt katımızdaki Özel Sınıf'ı ziyaret edeceksiniz. Sabahları ve öğleden sonra gruplar hâlinde gidip bu çocuklar her ne yapıyorsa onlara katılarak birlikte zaman geçireceksiniz."

Elimi kaldırdım. "Bay Terupt, Özel Sınıf tam olarak nedir?" Okulda hâlâ yeni olduğum için ne olduğunu bilmiyordum.

"Beyin özürlülerin gittiği yer." diye yanıt verdi Peter.

Alexia güldü.

Bay Terupt oldukça ciddi bir ses tonuyla, "Umarım bu deneyimden sonra soruyu biraz daha farklı yanıtlarsın Peter." dedi. Peter yanıt vermedi. Bay Terupt, "Bu, farklı özel ihtiyaçları olan çocuklar için hazırlanmış bir sınıf Jessica." diye devam etti. "Bazılarınızın endişeleri olabilir, hatta bazılarınız korkabilir. Bu nedenle gruplar hâlinde gideceksiniz. Umarım sonrasında düşünceleriniz değişir."

3. Perde, 2. Sahne

Benim grubumda Anna ve Jeffrey vardı. Jeffrey'in nasıl biri olduğunu hâlâ çözememiştim. Öte yandan Alexia ve yardakçıları tarafından aforoz edildiğimden bu yana Anna'yla birlikte yemek yiyordum. Danielle gruba geri alınmış, bense atılmıştım. Zaten tekrar girmeyi de istemiyordum. Anna'yla zaman geçirmeyi tercih ederdim. Sessiz bir kızdı; ama herkesin düşündüğünden çok daha zekiydi. Alexia'nın saçmalıklarından uzak durmayı akıl edebilecek kadar zeki olan tek kız oydu. Bana bunun annesinin bir tavsiyesi olduğunu söylemişti. Annesi ya da Danielle'den öğrendiğim şeyler hakkında konuşmamıştık. Ben de ona kendimle ilgili bir şeyden söz etmemiştim. Şimdilik sırlarımızı kendimize saklıyorduk ve bunun bir sakıncası yoktu. Anna'yı sevmiştim. Kitaplardan birindeki karakterlere harika bir arkadaş olabilirdi ya da babamın oyunlarından birinde. Çok iyi bir arkadaşım olacağını biliyordum.

Alt kata ilk gidişimizde hepimiz oldukça sessizdik. Hiçbirimiz çıt bile çıkarmıyorduk. Ellerim kavramak için bir kitap arıyordu ancak yanımda getirmemiştim. Bu yüzden ben de tırnaklarımı ve tırnak etlerimi kemirmeyi tercih ettim. Bir yere ulaşmak için heyecan içindeyken yolculuğun neredeyse sonsuza dek sürmesi aslında çok komik. Oysa endişeli olmadığınızda yolculuk bir an önce biter. California'dan buraya yolculuğum neredeyse bir lunaparktaki eğlence treni kadar hızlıydı. Özel Sınıf'a olan yolculuğumuz ise bitmek bilmedi.

Oraya vardığımızda öğretmenin bizi beklediğini anladık. "Merhaba çocuklar." dedi. "Özel Sınıf'a hoş geldiniz. Benim adım Bayan Kelsey." Biz de kendimizi tanıttık ve öğretmen içeri girmemize izin verdi. Yüzünün neredeyse tamamı sümük kaplı küçük bir çocuğu işaret ederek, "Bu Joey." dedi. "Arkadaşlarımıza merhaba diyebilir misin Joey?" diye sordu. Joey bizim olduğumuz tarafa doğru el salladı. Ve yüzünde kocaman bir gülümseme belirdi. "Ve buradaki de James." diyen Bayan Kelsey bu kez de farklı bir çocuğu işaret etti. James bana oldukça normal görünmüştü. Yine de bize merhaba demedi. Hatta bize bakmadı bile. "Bu Emily." Bayan Kelsey'in işaret ettiği küçük kız çok sevimliydi. Yüzünde, ellerinde ve kollarında salyalar vardı ve sürekli inliyordu. Başka bir öğretmen Emily'yle iletişime geçmek için işaret dilini kullanıyordu. Ve öğretmen onunla göz temasını korumakta zorluk çekiyordu. Emily'ye bize merhaba demesini söyledi. "Bu, Bayan Warner, kendisi Emily'ye yardım ediyor." Emily bize merhaba demeye çalıştı, ama konuşmayı çok iyi beceremediğini görebiliyordum.

Sınıfta birkaç çocuk daha vardı ve Bayan Kelsey sonunda bizi hepsiyle tanıştırdı. Tam bu sırada dikkatim dağıldı, çünkü Jeffrey, Joey'in yanına gitmiş ve onunla "Hafıza" oyunu oynamaya başlamıştı. Onun, "Bu harikaydı Joey. Sen gerçekten çok zekisin." dediğini duydum. Ve Joey de karşılık olarak ona gülümsedi. Biz de Anna'yla birlikte Bayan Kelsey'in peşinden gidip James ve Emily'nin "işlerini" yapmalarına yardımcı olduk. Sınıftan ayrılmadan önce Joey'in Jeffrey'e sımsıkı sarıldığını gördüm.

3. Perde, 3. Sahne

İşlerin kafeterya için plastik çatalları, kaşıkları, kamışları ve peçeteleri ayırmak olduğu ortaya çıktı. Bayan Kelsey malzemeleri masanın üstüne döktü ve James, "Yedi yüz on iki." dedi. Ben şaşkın bir hâlde Anna'ya baktım.

"Ne demek istedin James?" diye sordum.

James masaya bakmaya devam ederek yine, "Yedi yüz on iki." dedi.

"Her zaman yedi yüz on iki mi der?" diye sordum. Sanırım rastgele sayılar söylemekten hoşlanıyordu.

"Hayır, James bize masada yedi yüz on iki parça malzeme olduğunu söylüyor." diye yanıt verdi Bayan Kelsey.

James bu kez Anna'yla bana bakıp hafifçe sallanarak, "Masada yedi yüz on iki malzeme var." diye tekrarladı.

"Aferin sana James!" Bayan Kelsey çok heyecanlı görünüyordu. "Bunu söylediğin zaman arkadaşlarımıza bakıyordun!"

Anna, "Bayan Kelsey, James doğru söylüyor mu demek istiyorsunuz?" diye sordu. "Gerçekten de yedi yüz on iki tane mi var? Her gün aynı miktarda mı geliyor?"

Bayan Kelsey, "Şey, aslında kontrol etmek için onları saymadım. Her zaman yedi yüz on iki tane değil. Ama James bugüne dek hiç yanılmadı." dedi.

Anna'yla şaşkınlıkla birbirimize baktık. Kafam karışmıştı. James muhteşem bir sayım yapmıştı, oysa Bayan Kelsey onun bana bakmış olmasından daha büyük heyecan duymuştu. Nedenini sormak istedim, ancak beklemeye karar verdim. Bunu sormamın uygun olup olmayacağından emin değildim.

3, Perde, 4. Sahne

Jeffrey hâlâ James'le oynuyordu, şimdi onlara birkaç çocuk daha eklenmişti. Onlara resim yapmaları için yardım ediyordu. "Jeffrey." diye seslendim. Bana baktı. "Artık gitmeliyiz."

"Ah, pekâlâ." Omuzları düştü. Çocuklara döndü. "Artık gitmem gerek çocuklar, ama en kısa zamanda yine geleceğim." Ve sıra yine sımsıkı sarılmaya gelmişti.

Bayan Kelsey'e teşekkür edip merdivenlere doğru yöneldik. Koridor boyunca konuşmadık. Sanırım hepimizin aklından bir yığın düşünce geçiyordu. Sınıfımıza vardığımızda, Jeffrey yine huysuz hâline geri dönmüştü. Bir Dr. Jekyll ve Mr. Hyde durumu yaşadığımızı düşündüm.

Jeffrey

Peter onlar için beyin özürlü demişti, Alexia ise bu sanki komik bir şeymiş gibi gülmüştü. Tam o sırada ikisine birden patlatmalıydım. Benim grubumda olmamaları çok iyi bir şey. Aşağıya Jessica ve Anna'yla birlikte indim. Biraz korkmuşa benziyorlardı, ama ben bir şey söylemedim.

Bayan Kelsey'in sınıfına girip çocuklarla tanıştık. Hepsi harikaydı! Joey sevgi doluydu! Tek yapmak istediği, benimle oynamak ve bana sarılmaktı. Hiçbir şey için üzülmüyordu. Oyun oynadığımızda kazanmak ya da kaybetmek de umurunda değildi. James sınıfa girdiğimizde kocaman bir kitabı okuyordu. Onun zeki olduğunu hemen anladım. Otistik olduğunu da fark etmiştim. Çünkü bize bakmadı ya da tek kelime etmedi. Ve küçük Emily de çok tatlıydı. Yardıma çok ihtiyacı vardı, ama kim ona yardım etmek istemez ki?

Bana Michael'ı hatırlattılar. Tıpkı Özel Sınıf'taki çocuklar gibi, Michael da onunla birlikte olduğun her an sana kendini harika hissettirme gücüne sahipti. Âdeta sevgi saçardı.

Michael'dan kimseye söz etmemiştim ve etmeyecektim de. Ama Jessica bir şeyler olduğunu anlamıştı. Oldukça zeki bir kızdı. Olan biteni fark edebiliyordu.

Özel Sınıf'ı birkaç kez ziyaret ettikten sonra, bir gün teneffüs sırasında yanıma geldi. Genellikle kimsenin gelmediği bir yerde, sahanın sonunda oturuyordum. Futbol kartlarıma bakıyor, kategorilerine göre onları destelere ayırıyordum.

Jessica yanıma oturur oturmaz, "Senin bir sırrın var, öyle değil mi Jeffrey?" diye sordu.

"Sen neden söz ediyorsun?"

"Özel ihtiyaçları olan kimi tanıyorsun?"

Kartlarımı ayırmaya devam ettim. Onu görmezden gelmeye çalışıyordum. Ona hiçbir şey anlatmayacaktım. Sonra biraz daha yaklaştı.

"Benim de hiç kimsenin bilmediği bir sırrım var. Hiç kimse, ama bu okuldaki hiç kimse bilmiyor." dedi.

Bu kez ona dönerek, "Peki o zaman neden bana söyleyesin ki?" diye sordum.

"Bu kitabı okuyordum, adı *Ida B.* Kız sonunda sırrından biraz söz ediyor ve işler kolaylaşıyor."

"Sen her zaman kitap okuyorsun."

"Karakterler bana anlamamda ve düşünmemde yardımcı oluyor." dedi. "Ne yapmam gerektiğini bulmama yardım ediyorlar."

QBs serisini bulamıyordum. "Bu yüzden mi Alexia'ya diğer kızlardan farklı davranıyorsun?" diye sordum.

"Sanırım öyle."

"Peki, bana sırrını söyleyebilirsin. Seni dinliyorum."

"Anlatırken kartlarından bazılarına bakabilir miyim?" diye sordu ve elini koşucu kartlarımın üzerine uzattı.

"Hayır!" diye bağırdım ve elini ittim. "Kimse benim kartlarıma dokunamaz." Jessica sessizleşmişti. Sanırım onu biraz korkutmuştum. "Özür dilerim." dedim.

"O zaman kitabımı tutmaya devam edeceğim." Bir süre daha sessiz kaldı. Bekledim, derin bir soluk aldı. "Babam bizimle birlikte Connecticut'a gelmedi." dedi. "Oyunlar yönetir ve iş yerinden kendine bir kız arkadaş buldu. Prodüksiyonlarından birinde oynayan çok güzel bir oyuncu. Annem California'dan ve babamdan uzaklaşmamız gerektiğine karar verdi... Ve işte buradayız."

Kartlarımı ayırmaya devam ettim, ama onu dinliyordum ve Jessica da dinlediğimi biliyordu. Birkaç saniye sonra konuşmaya devam etti. Anlatması gereken çok şeyi vardı.

"Gelmek istemedim ama annem başka seçeneğim olmadığını söyledi. Ona deliler gibi öfkeliydim. Hiç olmadığım kadar kızgındım. Babam beni değil onu terk ettiğine göre neden ben de gitmek zorundaydım ki? Saçma öyle değil mi? Oysa annem olmadan yaşayamam."

Kartlarımla meşgul görünmeye devam ettim; çünkü başka ne yapabileceğimi bilmiyordum. Jessica'yı durdurmak istemiyordum. Çok dolmuştu. İşte bu yüzden sessizliğimi korudum.

"Meğer o zamanlar babamın sadece annemi değil, beni de terk ettiğini bilmiyormuşum. Onunla en son, yılın başında konuştum. Benimle konuşmak için aramıştı ama bir daha hiç aramadı."

Sizinle konuşmayan bir ebeveyne sahip olmanın ne demek olduğunu çok iyi biliyordum. Bende iki tane vardı. Ama Jessica'ya ne diyeceğimi bilemediğim için yine sessiz kaldım. Ve teneffüs bitti.

anna

Bay Terupt ilk kez Özel Sınıf'a gitmekten söz ettiğinde, aslında biraz korktum. Sadece iri ve pis olmalarının dışında, bu çocuklarla ilgili hiçbir şey bilmiyordum. Ama yine de karşı çıkmadım.

Jessica'nın benim grubumda olmasına sevinmiştim. Artık öğle yemeklerini birlikte yiyoruz. Her zaman kitap okuyor; zeki, yine de çokbilmiş davranmıyor. Sorduğum zaman hikâyeyle ilgili çok şey söylemeden bana kitaplarını anlatıyor. Özel bir arkadaşım olmasını beklemiyordum, ama Jessica bu yıl California'dan geldi ve onu çok sevdim. Onu evime davet etmek istiyorum ama daha önce hiç kimse evime gelmedi. Annemin ne düşüneceğinden emin değilim. Sanırım bunun üzerine biraz daha düşünmem gerekiyor.

Jeffrey de bizim grubumuzdaydı. Onunla ilgili bildiğim tek şey, sürekli kızgın olduğu.

Yine de işler beklediğim gibi gitmedi. Jeffrey çocuklara karşı çok iyiydi. Gerçekten de iyi. Ve ben hiç korkmadım, çünkü Jessica ve Bayan Kelsey yanımdaydı. Bayan Kelsey korktuğumu fark etmişti ve her şeye alışmam için küçük adımlarla ilerlememize yardımcı oldu. Alyans takmadığını fark etmiştim. Bay Terupt'ın birçok seçeneği vardı.

Küçük Emily çok tatlıydı. Ellerine dokunmak istemedim. Çünkü elleri sürekli ağzındaydı, her yeri salya içindeydi. Ama Bayan Kelsey bize onu arada bir temizlememiz için bir mendil verdi, böylece ona dokunabildim. Bana gülümsedi, birden ağlayacak gibi oldum. Bunu hiç beklemiyordum.

Bir gün, herkes en az bir kez Özel Sınıf'ı ziyaret ettikten sonra, Bay Terupt grup deneyimlerimizi tartışmamız gerektiğine karar verdi.

Ciddi bir tartışmaya başlamadan önce, "Bay Terupt." dedim. "Bayan Kelsey'in alyansı olmadığını biliyor muydunuz?"

"Öyle mi?"

"Evet, koridorun karşısındaki Bayan Newberry'nin de yok."

"Bunu biliyordum, yine de gözlemlerin için teşekkür ederim Anna."

Ve Peter birden, "Ooohh, Bay Terupt ve Bayan Newberry bir ağaca tünemiş, Ö-P-Ü-Ş-Ü-Y-O-R-L-A-R!" dedi.

"Pekâlâ Peter, ha ha!" Bay Terupt ellerini havaya kaldırdı. "Bu kadar çöpçatanlık yeter. Benimle ilgilenmeni takdir ediyorum Anna. Şimdi, deneyimlerinizi paylaşmaya ne dersiniz?"

Bay Terupt'a annemin de alyansının olmadığını söylemek istiyordum ama çoktan diğer konuya geçmişti. İlk söz alan Jessica'ydı. "Bay Terupt, James neden o sınıfta? Oldukça zeki bir çocuğa benziyor."

"Evet." dedi Peter. "Hiç saymadan masada ne kadar malzeme olduğunu biliyor. Onunla matematik çalışmalısın Luke."

"O hâlde pek de beyin özürlü sayılmaz, öyle değil mi Peter?" diye sordu Bay Terupt.

"Hayır." derken Peter'ın sesi alçaldı ve başını öne eğdi.

"O otistik." diye araya girdi Jeffrey.

Kimse bir şey söylemedi, çünkü hepimiz Jeffrey'in konuşmuş olmasına şaşırmıştık. Ve aynı zamanda söylediği şeyin ne anlama geldiğini bilmiyorduk.

Jeffrey, "James bazı konulara daha eğilimlidir." diye devam etti. "Otistik birçok insanın özel yetenekleri vardır. James sayılar konusunda çok yetenekli. Ama onun da kendine özgü sorunları var."

Peter, "Hey, o hâlde futbol sahasında ne kadar çim olduğunu asıl ona sormalıydık!" diye atıldı.

Lexie de ona karşılık verdi. "Ah, evet, böylelikle asla popomdan vurulmazdım."

Peter sırıttı. "Ama o en iyi bölümüydü."

Bay Terupt, "Pekâlâ, pekâlâ, siz ikiniz. Bu kadar yeter!" diyerek onları susturdu.

Ağzımdan nasıl çıktığını kendim bile anlayamadan, "Tüm bunları nereden biliyorsun Jeffrey?" diye sordum. Ve kendimi çok kötü hissettim. Jeffrey daha fazla ilgi çekmek istemiyordu. Yanıt vermedi. Yeniden sessizleşmişti.

Danielle

Özel Sınıf'a giderken Lexie de benim grubumdaydı. Bir parçam bundan mutluydu. Bir parçamsa değildi. İşler biraz karışıktı.

Özel Sınıf'a her gidiş dönüşümüzde Lexie; Jessica ve hatta bazen Anna'yla ilgili kötü şeyler söylüyordu.

Lexie bir gün, "Sence de Anna bu sınıfa ait değil mi? O kadar aptal falan ki!" dedi.

Her ne kadar Anna'yla arkadaş olmamam gerekse de aptal olmadığını biliyordum. Biliyordum; çünkü daha önce benim eşim olmuştu ve o proje sırasında bana çok yardım etmişti. Ayrıca Anna, Lexie'nin entrikalarına karışmayan tek kızdı ve bu, onu aynı zamanda cesur da yapıyordu.

Lexie, "Jessica'nın falan da burada kalması gerek. Ne de olsa normal bir arkadaşı yok." diye devam etti.

Asıl garip olan, Lexie'nin Özel Sınıf'taki kız ve erkek çocukların tümüne gerçekten de iyi davranmış olmasıydı. Joey ona bayılmıştı. Tamam, Joey herkesi seviyordu ama sürekli gülümseyip Lexie'ye sarılmıştı. Ayrıca Emily'ye karşı da oldukça sabırlı davranmıştı. Lexie'yi öyle görmek kendimi bu sınıfta daha rahat hissetmemi sağlamıştı. Ve çocuklarla, özellikle de James'le birlikte çok iyi zaman geçirdim.

Jeffrey bize James'in bazı konulara daha eğilimli olduğunu söylemişti ve bunlardan biri de çiftliklerdi. Beyni traktörler ve makineler, inekler ve süt sağmayla ilgili bilgilerle doluydu. Bu nedenle ben de evden birçok resim getirdim ve James çılgına döndü. Resimlere baktıkça durmaksızın bildiği şeyleri sayıklıyordu.

"İnek memesi. Bunlar inek memesi. Temizledikten sonra meme başlığı kullanın ve..."

Sıradaki resim.

"Saman. Balyalar hâlindedir. Samanla çalışmak zordur. Balyaları vagonlara fırlatın ve asansöre yerleştirin. Balyaları samanlıkta saklayın..."

Sıradaki resim.

"John Deere traktörü. Klasik yeşil ve sarı. Beygir gücü çok yüksek..."

James daha çok kendi kendine konuşuyordu ama bu dert değildi. Zihni çok hızlı çalışıyordu. Zamanımız dolduğunda, resimleri almaya çalıştım ve James çığlık atmaya başladı. Gerçekten çığlık atmaktan söz ediyorum. Yüksek sesle... Bu beni korkutmuştu. Resimleri bıraktım, Bayan Warner yanımıza geldi. Yolundan çekildim ve, "Resimler onda kalabilir." dedim.

"Bu çok güzel bir davranış tatlım." dedi Bayan Warner. "James, arkadaşına teşekkür edebilir misin?"

"Aarrgh!" James bağırdı ve kendini Bayan Warner'dan kurtarmaya çalıştı.

"James zamanın dolması ve bir başka etkinliğe geçme konusunda sıkıntılar yaşıyor."

James için üzüldüm. "Sorun yok, resimler sende kalabilir James. Hoşça kal."

Daha çok bağırmaya, ağlamaya ve çığlık atmaya başladı. Kısa zamanda sakinleşmesini umdum ama gitmek zorundaydım. Bir an önce gitmek istiyordum. Onu böyle görmek hoşuma gitmemişti.

Olayın tamamı beni üzmüştü ve sanırım bir şeyler söyleme cesaretini veren de buydu. Tam koridora çıktığımız sırada Lexie konuşmaya başladı.

"Ne kadar tuhaf. Onu Jessica'yla yan yana koysak iyi olur. Ne de olsa bizim sınıfın en tuhafı o."

"Yeter!" diye patladım. "Her zaman bu kadar kötü olmak zorunda mısın? Sınıftayken onlara iyi davranıyorsun. Neden şimdi bu kadar kötüsün?" Gözyaşlarımla savaşarak arkamı döndüm ve koridorda koşmaya başladım.

Lexie arkamdan, "O da ineklerden hoşlanıyor." diye bağırdı. "Belki senin gibi bir inekle çıkmalı."

Ilık gözyaşları yanaklarımdan aşağıya süzülüyordu. Yukarı koştum ve tuvalete girdim. Jessica oradaydı.

Ağlayarak içeri girmemle birlikte yanıma gelip, "İyi misin?" diye sordu.

İşte gerçek arkadaşım buradaydı. Artık bunu biliyordum.

"Sana kötü davrandığım için özür dilerim Jessica. Bunu bir daha yapmayacağım."

Bana doğru yürüdü ve sarıldık. Kendimi daha iyi hissettim.

Sevgili Tanrım,

Ben Danielle. Artık Jessica'nın benim gerçek arkadaşım olduğunu biliyorum. Alexia'ya bu kadar kötü olmaması için yardım etmeni diliyorum. Ve James için de dua ediyorum. Bugün oldukça üzgündü. Lütfen ona kendini daha iyi hissetmesi ve oyun zamanı bittiğinde bununla başa çıkabilmesi için yardım et. Teşekkürler. Âmin.

Alexia

Peter futbol sahasında bana o frizbiyi fırlatırken ne yaptığını çok da iyi biliyordu. Bu yüzden ben de sürekli ona bitkimizi nasıl öldürdüğünü falan hatırlatıyorum. "Sana söylemiştim." deyip duruyorum. Dün onu sinir etmeye bir son vermemi söyledi.

Peter her zaman benimle uğraşıyor. Eminim, bunun nedeni benden hoşlanması. Ne de olsa tüm erkekler benim güzel olduğumu düşünüyor. Süslü giysilerimi ve ışıltılı dudak parlatıcılarımı falan beğeniyorlar. Danielle'e bakmadıkları kesin. Danielle bugün keyfimi kaçırdı. Daha önce hiç bana bağırmamıştı. Şişmanlandıkça sanki daha cesur oluyor. Onu tekrar adam etmek zorundayım.

Özel Sınıf'a gitmekten hoşlanıyorum. Orada hiçbir şey için endişelenmeme gerek yok. O sınıftaki çocuklar sizi koşulsuzca seviyorlar. Bu çok güzel. Öğretmen bunu çok iyi akıl etti. Joey benim tüylü atkılarımdan hoşlanıyor. Görebilmesi için sınıfa giderken özellikle bağlıyorum. Emily'ye biraz dudak parlatıcısı falan sürüp süremeyeceğimi soracağım. Belki bu hoşuna gider. Ne de olsa her kız dudak parlatıcısı sürmelidir.

aralık

Peter

Geçen ay Bay Terupt aptal bir kitabı okumamız ve gidip beyin özürlülerle zaman geçirmemiz gerektiğini söyledi. En azından başlangıçta böyle düşünüyordum. Daha doğrusu hep böyle düşünürdüm. Özel Sınıf beyin özürlülerin gittiği yerdi. Sanırım fikrimi değiştiren James oldu. Yani, *Kuğuların Yazı* kitabı idare ederdi ama Özel Sınıf hiç düşündüğüm gibi çıkmamıştı.

Çocuklar, özellikle James oldukça eğlenceliydi. Yere bir şey düştüğünde ya da masanın üzerine birtakım şeyler bırakıldığında, James sadece onlara bakarak kaç tane olduklarını söyleyebiliyordu. Yani, size anında rakamı verebilirdi. Tek tek saymasına gerek yoktu. Hem de ne kadar çok olursa olsun! 312 çatal ya da 813 Lego parçası. Her zaman doğru biliyordu. İşte bu yüzden James birlikte zaman geçirmek için harika bir çocuk. Göz temasında zorlandığı için "çak bir beşlik" yapamıyorduk; ama başka oyunlar oynayabildik. Onu ziyaret etmeyi sevdim.

İşte bu yüzden Bay Terupt'ın bir sonraki fikri hoşuma gitti. Yeni fikirleri asla tükenmiyordu.

Aralık ayı gelmişti. "Pekâlâ çocuklar, işte anlaşmamız! Biz de diğer sınıflar gibi bir tatil partisi vereceğiz. Ama bizimki diğerlerinden biraz farklı olacak."

"Tabii ki!" diye patladım. "Bunda şaşılacak bir şey yok." Bunu bazen yapıyorum, düşünmeden ağzımı açabiliyorum. Aslında çoğu zaman diyebiliriz. Herkes, Bay Terupt bile gülümsedi, çünkü haklıydım.

"Küçük gruplar oluşturacaksınız ve belirli bir tatil üzerine yoğunlaşan merkezler yaratacaksınız. Bu Noel, Ramazan Bayramı, Kwanzaa ya da Hanuka olabilir." Bay Terupt ayrıntıları vermeye devam ediyordu; ama ben çoğunu kaçırmıştım. Düşünüyordum. Ve o düşünmeden konuşmayı bir kez daha yaptım.

"Bay Terupt, partiye James ve arkadaşlarını da davet edebilir miyiz?"

Herkes sessizleşti ve bana baktı. Sonra Jessica, "Bu harika bir fikir." dedi. Sınıfın geri kalanı da aynı fikirdeydi. Bay Terupt'ın yüzünde geniş bir gülümseme vardı. Başıyla onayladı. Sanırım gözlerini sildiğini gördüm. Neden böyle yaptığını anlayamadım.

Jessica

4. Perde, 1. Sahne

Tatil projem olarak Ramazan Bayramı'nı seçtim. Hakkında çok az şey bildiğim bir konuyu araştırmak istiyordum. Anna, Danielle, Jeffrey ve Alexia'yla aynı gruptaydım. Alexia; Katie, Wendy, Natalie ve Heather'la birlikte olmak istemişti. Ama Bay Terupt buna izin vermedi. Eğer bela arıyorsa, tam yerine gelmişti.

Görevimiz çok netti. Bay Terupt projeyi açıkladığında, "Merkezlerinizde bir araştırma, bir oyun, bir el işi etkinliği ve bir de yemek olmalı. Kuracağınız merkez kendi kendine çalışabilir olmalı; çünkü insanlar size gelirken siz de diğer masaları ziyaret ediyor olacaksınız."

Grubum kimin ne yapabileceğini konuşmaya başladı; ama Alexia bu konuşmanın çok uzun sürmesine izin vermedi. "Jessica, sen araştırmayı falan yap. Çünkü en zekileri sensin. Anna o şeyleri okuyamayacak kadar aptal."

Anna başını önüne eğdi. Bunu eskiden çok yapardı; ama son günlerde daha az yapıyordu. Bu kez yere eğilen sadece başı değildi, Alexia'nın tatsız eleştirisinden sonra âdeta tüm vücudu yere doğru eğilmişti. Sonra Alexia, Jeffrey'e baktı ama bir şey söylemeye cesaret edemedi. Bana ve Danielle'e gülümsedi. Benden karşılık alamadı; ama Danielle'in yarım ağız gülümsediğini gördüm.

Jeffrey'le birlikte araştırmaları üstlendik; Anna ve Danielle ise el işi etkinliklerini tasarlama görevini almışlardı. Jeffrey'le çalışmak istemiştim. Onunla sırrımı paylaşmıştım, benimle sırrını paylaşabilmesi için onun da bir şansa ihtiyacı vardı. Anna ve Danielle bitkiler üzerinde çalışırken iyi iş çıkarmışlardı, bu nedenle bu kez de iyi anlaşacaklarını biliyordum. Ayrıca Danielle'in büyük annesinin uyarılarına karşın Anna'yla arkadaş olmasını umuyordum. Alexia kendini grup yöneticisi ilan etmişti. Ona göre görevi işlerimizi gözden geçirmekti. Ya da onun deyişiyle, "Ben sadece seyredip herkesin işini doğru yaptığından emin falan olacağım. Ben sizin yöneticinizim." Sanırım *patron* demek istemişti.

Alexia'nın büyük planına karşı çıkmadık; çünkü onu işlerimize karıştırmamak her şeyi çok daha kolaylaştırıyordu. Ama bu Alexia için yeterli olmamıştı. Herkesin birbirine öfkelenmesi için elinden geleni yaptı. Onun asıl görevi buydu.

4. Perde, 2. Sahne

Bir gün proje çalışması sırasında Jeffrey ve Anna'yla birlikte merkezimizi nasıl oluşturacağımızı tartışıyorduk. Danielle hemen yakınımızda el işi malzemelerini organize ediyordu. Anna'yla birlikte bir şeyler ortaya çıkarabilmek için durmaksızın çalışıyorlardı. Ve Alexia harekete geçti.

"Siz de Danielle'in yemek konusunda yetkili olması gerektiğini falan düşünmüyor musunuz?" Alexia bunu Danielle'in duyabileceği kadar yüksek bir sesle söylemişti. Kendimi bir sonrakine hazırladım. "Yani, ona bir bakın. O kadar şişko falan ki yemeklerle arası iyi olmalı."

Danielle koşarak sınıftan çıktı. Kimse bir şey söylemedi veya yapmadı. Sanki hiçbir şey olmamış gibi yapmamız her şeyi daha iyi bir hâle getirecekti. Oysa öyle olmadı. Sıradaki canı yakılacak kişi bendim. Alexia'nın beni atlamaya niyeti yoktu.

4. Perde, 3. Sahne

Jeffrey'le birlikte Ramazan Bayramı'yla ilgili bir soru-cevap oyunu hazırlamanın insanların tatilimizle ve araştırdıklarımızla ilgili bilgi edinmeleri için mükemmel bir yol olduğuna karar verdik. Bu, çok fazla çalışmamızı gerektirmişti. Araştırmalarımızı oyun kartlarının üzerine sorular hâlinde yazmayı daha yeni bitirmiştik.

Ve Alexia sahneye giriş yaptı. Tuvaletten geliyor olmalıydı. Işıltılı dudak parlatıcısı tazelenmişti ve ağzında da yeni bir sakız vardı. Blucin eteği ve zebra desenli taytıyla abartılı bir kalça hareketi yaparak üzerimize eğildi. Kartlardan bazılarını eline aldı. Şöyle bir baktı; ama içlerinden birini bile okuduğunu sanmıyorum. Ağzında olmaması gereken sakızını patlattı.

"Kimse bu soruları falan anlamaz." Doğruca bana baktı. "Kimse seni anlamıyor, senin şu kibirli sözlerini! Herkesin kendini aptal falan hissetmesini istiyorsun. Kendini çok zeki sanıyorsun." Kartı bana doğru fırlattı.

Bu doğru değildi. Böyle bir şey yapmaya çalışmıyordum.

4. Perde, 4. Sahne

Bay Terupt geldi.

"Alexia."

Ona baktım. Orada olduğunu bile fark etmemiştim. Alexia da onu görmemişti. Panik içinde hızla döndü.

"Sanırım beni izlemenin zamanı geldi."

Bay Terupt sınıftan çıkarken ona eşlik etti. Bir süre dışarıda kaldılar.

4. Perde, 5. Sahne

Bay Terupt, Alexia olmadan geri döndü. Peki, Alexia neredeydi?

"Şimdi siz dördünüzle konuşmalıyım." dedi ve bana, Jeffrey, Danielle ve Anna'ya baktı. Proje alanımıza oturduk.

"Alexia'nın hepinize olan kötü davranışını izledim. İçinizden birinin ayağa kalkıp ona, buna bir son vermesi gerektiğini söylemesini umuyordum. Ama yapmadınız."

Yere baktım. Bir şeyler yapmam gerektiğini biliyordum. Kitaplarımdaki arkadaşlar kadar güçlü değildim.

"İnsanların kötü davranışlardan yakalarını kurtarmalarına izin verirseniz, kötü davranmaya devam ederler. Birbirinizi savunmalısınız. Dördünüz birbirinize destek olursanız, Alexia bile sizinle dalga geçemez."

Bay Terupt'ın gözlerini üzerimde hissedebiliyordum. Öne doğru eğildi, hepimizle ayrı ayrı göz teması kurmaya çalışıyordu. Oysa biz yere bakıyorduk.

"Üzgün olmalısınız. Birbirinizi korumalısınız. Arkadaş olmak bu demektir."

Hâlâ sessiz bir şekilde oturmaya devam ettik. Anna gözlerini sildi, Danielle de.

Bay Terupt, "Burada oturup surat asmayın." dedi. "Bu hiçbir işe yaramaz. Çalışmaya devam etmelisiniz. Bundan ders alın ve bir daha aynı hatayı yapmayın."

Bay Terupt sahneden ayrıldı.

4. Perde, 6. Sahne

Jeffrey ne düşünüyordu? Merak ediyordum. Peki ya Danielle ve Anna ne hissediyorlardı?

Danielle, "Bir daha asla Alexia'yla konuşmayacağım." dedi.

"Ben de." diye ekledi Anna.

"Bu işe yaramaz." dedim. "Onunla arkadaş olamayız ama onu dışlayamayız da. Daha olgun davranmalıyız." Yeniden başımı öne eğdim. Bay Terupt kadar ben de kendimle ilgili hayal kırıklığına uğramıştım. Yeterince cesur olamamıştım.

LUKE

Tuvaletimiz koridorda, sınıfımızın hemen karşısında. Bu kimin umurunda, değil mi? O güne dek orada sıkışıp kalabileceğim aklıma gelmezdi. Peter sayesinde harika bir *şantaj* (dolar sözcüğü) fırsatı ele geçirdim.

Sınıfta tatil merkezim üzerinde çalışıyordum. Malzemelerimin tümü yere dağılmıştı ve oyun tahtam için doğru boyutları hesaplamakla meşguldüm. Bay Terupt sınıfın diğer ucunda farklı bir grubu kontrol ediyordu. Peter'ı fark etmedim. Gerindim ve matematiğime geri döndüm. Spor ayakkabılarımın tabanları açıktaydı ve bu sinsi Peter için muhteşem bir davetiyeydi. Hiçbir şey hissetmedim. O kesinlikle çok sinsi. Bazen Peter'ın dünyanın en ünlü hırsızı olma *olasılığının* (dolar sözcüğü) ne olduğunu düşünüyorum. Peter'ın kıkırdamasını duyana dek neler olduğunu hissetmedim. "Hey Luke, nasıl bir spor ayakkabısı giyiyorsun? Elmer marka mı?"

Başımı kaldırdım. "Sen neden söz ediyorsun?"

"Dikkatli olsan iyi olur. Hareket etmek istersen yere yapışabilirsin."

Ayakkabılarıma baktım. Peter yine işbaşındaydı. Spor ayakkabılarımın altı tamamen Elmer yapıştırıcısıyla kaplıydı. "Seni pislik!" dedim. Gerçek şu ki, çok da umurumda değildi. Canımı sıkmaya değecek bir şey yoktu. Ayrıca Peter'ın şakalarına alıştığımı söyleyebilirdim. Her zaman zararsız olduklarını düşünürdüm. Ayakkabılarımı ayağımdan çıkarıp hesaplamalarımı bitirene dek tabanları yukarı gelecek şekilde yanıma koydum. Belki de Peter'a kızmamamın nedeni, onu her zaman yenebiliyor olmamdır. Bu, onu çılgına çeviriyor ve ben de bunu seviyorum.

Hesaplamalarımı bitirdikten sonra ayakkabılarımı aldım ve tuvaletin yolunu tuttum. Bay Terupt hâlâ başka bir grupla ilgileniyordu. Bu yüzden ne Peter'ın saçmalıklarını ne de benim sınıftan çıktığımı gördü. Ayakkabılarımı musluğun altına tutup yapışkanları temizledim. Daha sonra kâğıt bir mendille altlarını kuruladım ve yeniden giydim. Tuvaletin kapısını açtım ve hızla geri kapatmak zorunda kaldım. Kapana kısılmıştım.

Bay Terupt koridorda biriyle konuşuyordu. Kim olduğunu görebilmek için kapıyı hafifçe ittim.

Bay Terupt'ın sırtı bana dönüktü ve, "Bugüne dek senin kurallarını denedik." dedi. Öne doğru eğilmişti ve duvara yaslanmış biriyle konuşuyordu. "Şimdi benim yöntemimi deneyeceğiz." Yeniden dikleşti ve kollarını kavuşturdu. Oldukça ciddiydi. Ve işte tam o sırada karşısındakinin kim olduğunu gördüm.

Yanaklarından aşağıya makyaj ve gözyaşlarının bir karışımı olan siyah ve mor çizgiler iniyordu. Alexia ağlıyordu. Daha önce Alexia'nın ağladığını ne görmüş ne de duymuştum.

"Seni severim Alexia. Sınıf arkadaşlarının da seni sevmesini istiyorum. Sana yardım etmeye çalışıyorum. Daha *cana yakın* (dolar sözcüğü) davranmanı istiyorum. Kötü davranışlarına daha fazla göz yummayacağım!"

Vay canına! Bu gerçekten işe yarayacak mıydı?

"Tuvalete git ve yüzünü yıka. Hazır olduğunda geri gel. Sınıfa geri dönmeden önce bana söylemek istediğin bir şey var mı?"

Alexia, Bay Terupt'ın yüzüne bile bakmaksızın, tek kelime etmeden hızla yanından geçti. Bay Terupt derin bir iç çekti ve başını iki yana salladı. Sonra sınıfa geri döndü. Aklından geçenleri merak ediyordum. Ayakkabılarımla ilgili bir şey söylememeye karar verdim. O kadar da önemli görünmüyordu. Bay Terupt'ın *disiplin* (dolar sözcüğü) gibi çok daha ciddi sorunları vardı.

Bay Terupt'ın sınıfa girmesinden sonra birkaç dakika daha bekledim. Onları izlediğimin anlaşılmasını istemiyordum. Ama gördüklerimi birilerine anlatmak için can atıyordum. Sanırım bu yüzden sınıfa biraz hızlı girdim ve dikkat etmedim. Dikkat etseydim bile sanırım yine de aynı şeyler olacaktı.

Tam kapıdan içeri girmiştim ki su birikintisine bastım. Ayaklarım yerden kesildi ve âdeta uçtum. Dengesini bulmaya çalışan bir deve kuşu gibi debelendim. Ama her nasılsa muşamba döşemeden halıya doğru kayarak ayakta kalmayı başardım. Bay Terupt; Jessica, Danielle, Jeffrey ve Anna'yla ciddi bir konuşma yapıyordu. Bu yüzden olan biten hiçbir şeyi görmedi. Ama Peter, Ben, Nick ve başka birkaç çocuk daha, deliler gibi gülüyorlardı. Ne yaptıklarını biliyordum. Ya da *Peter*'ın ne yaptığını mı demeliyim? Başparmağını *çeşmenin* (dolar sözcüğü) ucuna koyup düğmesine basmayı çok sever. Bu onun iğrenç şakalarından biridir. Böylece suyun tamamı kapıya doğru fışkırır. İşte su birikintisi de böyle oluşmuştu. Peter'ın suyu özellikle o yöne fışkırtıp fışkırtmadığını, yoksa suyun başka birini ıslattığı sırada oraya birikip birikmediğini bilmiyorum. Zaten önemi de yok. Bu konuda bir şey yapacak zamanım olmadı; çünkü hemen arkamdan başka biri geldi.

Sanırım sınıflara bir göz atmak üzere bizim sınıfa uğramıştı. Ama bugün şansız günündeydi. Bayan Williams sınıfımıza adım atmasıyla birlikte suyun içine düştü. Onun için üzüldüm. Denizci mavisi bir takım giymişti ve ayağında topuklu ayakkabılar vardı. Dengesini koruyamadı. Su birikintisine basmasıyla birlikte ayakları yerden kesildi. Kaymasını bekliyordum; ama öteki ayağı da suya bastı ve kolları boşluğu yakalamaya çalışırken, Bayan Williams sırtüstü yere yapıştı. Bacakları havaya kalkmış, doğruca suyun içine düşmüştü.

Gözlerime inanamadım. Gülmemem gerektiğini biliyordum ama kendimi alamadım. Hepimiz onun bu komik hâline bakakalmıştık. Ve bu hiç iyi değildi, hele ki siz Bayan Williams iseniz. Yüzü tuhaf bir ifade almıştı. Başka bir deyişle, âdeta yukarı doğru çekilmişti. Bu inanılmazdı! Yaşadığım sürece bunu unutmayacağım. Yemin ederim! O gün müdiremiz sırtüstü suya düşmüştü.

Bay Terupt yardım etmek için yanına koştu. Geri kalanımız gülmemek için kendini zor tutuyordu. Ne de olsa o okul müdiresiydi. Peter bile kendine hâkim olmaya çalışıyordu. Hatta endişeli göründüğünü bile söyleyebilirim.

Bay Terupt bir yandan ayağa kalkmasına yardım ederken bir yandan da, "Bayan Williams, iyi misiniz?" diye sordu. "Peter, hemen gidip bir bez bul ve bu suyu sil."

Neden Peter'ı seçmişti? Çünkü yerdeki gölcüğün Peter'ın saçmalıklarının sonucu olduğunu biliyordu. Böyle yaparak Peter'ın da bunu fark etmesini sağladığına emindim.

Bayan Williams, "Ben iyiyim." diyerek giysilerini düzeltmeye çalıştı. "Böldüğüm için özür dilerim." dedi ve arkasını dönüp sınıftan dışarı çıktı. Ne kadar da utanç verici! Kapının kapanmasıyla birlikte kahkahalar ve fısıldaşmalar başladı.

"Böyle bir şey kesinlikle bir daha yaşanmamalı! Bayan Williams ya da bir başkası yaralanmadığı için şanslıyız. Bir daha yerde böyle bir su birikintisi olmayacağını umuyorum." Bay Terupt konuşmasını bitirince doğruca Peter'a baktı. Evet, işte biliyordu. Başını onaylamaz bir ifadeyle iki yana salladı ve masasına doğru yürüdü. Yılın geri kalanında bu kadar *şaşırtıcı* (dolar sözcüğü) bir başka olayın daha yaşanmayacağını düşünmüştüm. Çok daha büyük bir şeyin eli kulağında olduğunu nereden bilebilirdim ki?

Alexia

Öğretmen, "Alexia, sanırım beni izlemenin zamanı geldi." falan dedi. Onunla birlikte koridora çıktım. Kapıyı arkamızdan kapadı. Öğretmenler daha önce de bu tür şeyler yapmıştı. Yani çok da dert değildi. Öğretmene konuşması için fırsat bile vermedim. "Bana çok kötü davranıyorlar." diye patladım. "Hiçbir şey yapmama izin vermiyorlar. Jessica patron falan olduğunu düşünüyor."

Ama işte öğretmen burada yine farklı olduğunu gösterdi.

"Yanlış." diye karşılık verdi. "Yeter."

"Ama..."

Ellerini havaya kaldırdı. "Bu kadar yeter."

Sustum. Doğruca bana baktı.

"Yalan söylüyorsun. Ve ben yalancılardan hoşlanmam." dedi. "İnsanlara kötü davranıyorsun. Ve ben kötü davranan insanlardan da hoşlanmam."

Gözlerimin dolduğunu hissediyordum. Ağlamak istemiyordum. Bu kez gerçekti. Dişlerimi sıkıp gözlerimi kıstım. Her iki

Sınıftan Yükselen Sesler / F: 7

elimle birden çantamı sımsıkı tuttum. "Sen bugüne dek gördüğüm en kötü kız gibi davranıyorsun."

Durduramıyordum. Yaşlar süzülmeye başlamıştı. Gerçekten de çok üzgündüm. Başımı eğdim.

"Sana mantıksız davranmıyorum Lexie."

Başım hâlâ öndeydi. Çantamdan mendil çıkardım ve gözlerimi sildim. Tam bir baş belası gibi davranıyordu.

Öğretmen, "Aslında kötü biri olmadığını biliyorum." diye devam etti. "Öyle biriymişsin gibi davranmaya bir son ver. Bayan Kelsey bana seninle ilgili sınıfında olan inanılmaz şeylerden söz etti."

Anlamıyordu. Kimse benim arkadaşım olmayacaktı. Bunu biliyordum, çünkü eskiden böyleydi. Çocuklar giysilerim ve konuşma biçimim yüzünden benimle dalga geçerlerdi. Arkamdan, Leopar Desenli Lexie, Falan Filan Lexie derlerdi. Ve bir gün üçüncü sınıfta ben de onlara saldırdım. Kızlardan birine annemle babamın birbirlerine bağırdıkları gibi bağırdım. Ve o günden sonra kimse onunla arkadaş olmak istemedi. Söylediğim şeyin bir yalan olması önemli değildi. Onu dışlayıp benimle arkadaş oldular. İşte tam da böyle lider oldum. Birden, evdekinin aksine, tüm ilgiyi kendime çekmeye başlamıştım. Annem genellikle çevrede olurdu ama babam yüzünden çok üzgün olduğu için (çünkü babam asla evde olmazdı) benimle ilgilenmezdi. Ve geçen yıl ansızın, sanırım sabrının sonuna geldi ve babamı evden attı. Daha sonra bana, "Alexia, insanların babanın bize yaptığı gibi seni itip kakmasına izin verme. Sorumluluğu eline al ve savaş." dedi. İşte bu yüzden sevimli olduğum günlere geri dönmeye niyetim yoktu. Kimse bir daha benimle dalga geçemeyecekti.

Bay Terupt'ın başka ne söylediğini hatırlamıyorum. Onu dinleyemeyecek kadar öfkeliydim.

Senden *nefret* ediyorum Bay Terupt.

Jeffrey

Bir gün Ramazan Bayramı grubumuz sırasında Jessica'ya, "İşe yaradı mı?" diye sordum. Bilgisayar başında bazı araştırmalar yapıyorduk.

"Ne?" diye karşılık verdi.

"Ida B'deki gibi anlatmak işe yaradı mı?"

"Sanırım biraz işe yaradı." dedi.

Bilgisayar ekranına bakmaya devam ettim.

"Seni dinliyorum." dedi.

"Kimseye söylemeyeceksin, değil mi?" diye sordum.

"Söylemeyeceğim." dedi. "Söz veriyorum."

"Çünkü kimse sana anlatacaklarımı bilmiyor. Buraya geçen yıl taşındık, yılın tam ortasında. Ve kimse benim hakkımda bir şey bilmiyor."

"Söylemeyeceğim." diye yineledi.

Ona neden inandığımı tam olarak bilmiyorum, ama ilk kez sırrımı birine anlattım.

"Kardeşimin adı Michael'dı. Futbol kartları onundu. Benden daha büyüktü. Down sendromu vardı ve aynı zamanda lösemiydi. Gerçekten de çok hastaydı ve annemler beni, onu kurtarmam için dünyaya getirmişti."

Son cümlemden sonra Jessica'nın bana baktığını hissedebiliyordum. Ama ben ekrana bakmaya devam ettim.

"Michael'a benim kök hücrelerimi verdiler. Bunlar, bedeninde herhangi bir şeye dönüşebilecek özel hücreler. Michael'ın ihtiyacı olan şeye dönüşmelerini umuyorlardı. Kısa bir süre işe yaradı, ama sonra yeniden hastalandı. Sürekli hastaneye gidip geliyordu, işte böylelikle ben de özel ihtiyaçları olan çocuklar hakkında bilgi edindim."

Durdum. Bilgisayardan hiç ses çıkmıyordu. Jessica klavyenin tuşlarına basmayı bırakmıştı. Beni dinliyordu.

"Ve dördüncü sınıftan önceki yaz, Michael'a kemik iliğimi verdim. Bu onun son şansıydı. Diğer her şey başarısız olmuştu."

Yine durdum. Boğazım düğüm düğüm olmuştu. Geri kalanını anlatmak oldukça güç olacaktı.

"Ne oldu?" diye sordu Jessica.

"İşe yaradı, ama yeterince hızlı değildi. Bedeni kanserle savaşamadan, Michael yeniden hastalandı... Onu kurtaramadım."

Ekran koruyucu belirmiş, aşağı yukarı hareket ediyordu. Gözlerimi ona diktim. Ve sonra Jessica bana daha önce hiç kimsenin söylemediği bir şey söyledi.

"Bu senin hatan değil Jeffrey."

Ayağa kalkıp tuvalete gittim. Gitmek zorundaydım.

anna

D aha önce beni koruyan bir öğretmenim olmamıştı. Herkes benimle uğraşırdı, dalga geçerdi; ama öğretmenlerim daha önce hiçbir şey yapmamıştı. Bu belki benim de bir şey yapmamış olmamdan kaynaklanıyordu. Ağlamamış ya da üzülmemiş, sadece sessizce oturmuştum. Sanırım dışarıdan bakıldığında beni rahatsız etmiyormuş gibi görünüyordu, ama kimse o kadar ruhsuz değildi.

Oysa Bay Terupt bir şey yaptı. Onu bu yüzden seviyorum. Yine de yaptığı bu şeyden çok da mutlu değildi, diye düşündüm. Bizden birbirimizi korumamızı istedi. Bunu yapıp yapamayacağımı bilmiyorum. Ama Jessica ve Danielle yanımdayken deneyeceğimi biliyorum. Bay Terupt bu konuda haklıydı.

Alexia'yla ilgili tüm olanlardan sonra grubumuzdaki işler çok daha kolaylaşmıştı. Sessiz bir şekilde geri geldi, günün geri kalanında da sessizliğini korudu ve hatta sonraki günler de. Kendini kötü hissettiğini biliyordum. Birçok kız onun yüzünden kendini aynı şekilde kötü hissetmişti, bu nedenle bunu hak ettiğine karar verdim. Yine de bu konu canımı sıkmaya devam etti. Annem bana, "Mutsuz ya da üzgün geçirerek harcayabileceğimiz kadar çok günümüz yok. Mutlu olup eğlenmelisin Anna." der. Sanırım annemin olumlu tutumu gerçekten de inanılmaz, özellikle de yaşadıklarından sonra. Ve sanırım haklı. Alexia'ya karşı kötü davranmadık ama onu yalnız bıraktık. Bay Terupt onunla konuştuğuna göre, Alexia umarım artık farklı davranır.

Merkezimiz için çalışırken daha önce hiç yapmadığım bir şey yapabilmek için gerekli cesareti bulmuştum. Bir gün teneffüs sırasında, toprağa bir şeyler çizerken derin bir soluk alarak ağzımdaki baklayı çıkardım.

Jessica ve Danielle'e dönüp, "Oyun oynamak için evime gelmek ister misiniz kızlar?" diye sordum.

Jessica bana baktı. "Çok isterim." dedi. Sonra başı önde çizim yapmaya devam eden Danielle'e baktı. Danielle gerçekten de çok güzel resim çiziyor; bu yüzden belki de çizimini bitirmek istiyor, diye düşündüm. Çat! Sopası kırıldı. "Ama önce annemden izin almam gerekecek." diye ekledi Jessica.

"Benim de." dedi Danielle, ama hâlâ yüzüme bakmıyordu. "Ben de anneme bir sorayım."

Danielle'e, "İstemiyorsan gelmek zorunda değilsin." dedim.

"Hayır! İstiyorum." dedi. Bu kez yüzüme bakmıştı. Ona inandım. Sonra yine diğer tarafa döndü. "Ama izin almam gerekiyor."

Ve teneffüs zili çaldı. Danielle toprağa el ele tutuşmuş üç kız çizmişti. Gülümsedim. İkisi de gelmek istiyorlardı. Umarım anneleri de izin verirdi.

Danielle

Tatil merkezi ödevi harikaydı. Çok fazla çalışmamız gerekiyordu, özellikle de Alexia gruptayken. Ama Bay Terupt onunla ilgilendi. Geri geldiğinde eskisi gibi değildi. Sessizleşmişti. Bu da merkezimizi doğru bir şekilde hazırlamamıza yardımcı oldu.

Jessica ve Jeffrey soru-cevap oyununu tamamladılar. Gerçekten de harika sorular buldular. Luke bizim tatil merkezimizi ziyaret ettiğinde, oyunu oynamaktan çok zevk aldı. Çok şey öğrendiğini söyledi ve Bay Terupt bunu duymaktan mutlu oldu.

Bay Terupt kurabiyeler yüzünden genellikle bizim merkezimizin çevresindeydi. Alexia'nın hakkımda söylediklerine karşın onları ben pişirdim. Annem ve büyük annem, içinde kimyon gibi farklı bir baharat olan bir tarif bulabilmem için bana yardım ettiler. Üçümüz birlikte mutfakta bol bol zaman geçirdik. Bu Anna'yı ziyaret izni almak için mükemmel bir zamandı. Ama... kendimi toparlayıp sormayı başaramadım.

Tatil merkezlerimiz en çok Özel Sınıf öğrencileri bizi ziyaret ettiği zaman keyifli bir hâl aldı. Bu, Peter'ın harika bir fikriydi. Bazı oyunlar onlar için zordu; ama onlara yardım ettik. El işlerini yapıp benim kurabiyelerim gibi özel yiyeceklerden yediler. James kâğıttan ince şeritler kesip birbirine zincir hâlinde eklediğiniz el işi projemizi sevdi. Zincir ramazanın günlerini saymanız için bir takvim görevi görüyordu. Bizim zincirimiz biraz daha uzundu; çünkü konuklarımız durmaksızın onlara ekleme yaptılar. James zincire sadece birkaç saniye baktıktan sonra, "Yüz otuz yedi." dedi. Ve daha fazla kâğıt eklemeye devam etti.

James onun için hazırladığım sürprizi çok sevdi. Orta Doğu çiftlikleri ve çiftçilikle ilgili fotoğraflardan oluşan bir koleksiyon hazırladım. Yere oturup onlarla ilgili konuşmaya ve fotoğrafları incelemeye başladı. James'i böyle görmek beni mutlu etti.

Jeffrey de bizi şaşırttı. Joey geldikten sonra hazırladığı küçük hafıza oyununu çıkardı. Kartların üzerinde eşleştirilebilecek farklı Ramazan Bayramı resimleri vardı. O ve Joey birlikte oynadılar.

Bu süper muhteşem bir gündü. Bay Terupt gülümsüyordu. Ben de öyle.

Jessica

5. Perde, 1. Sahne

Arabaya binmemle birlikte annem, "Merhaba tatlım, okul nasıldı?" diye sordu. Annem eline geçen her fırsatta beni okuldan almak konusunda harikaydı. Jeffrey gibi bazı çocuklar her gün okuldan eve otobüsle dönmek zorundaydılar.

Annem ciddi olarak yazı yazmaya çalışıyordu. Bu konuda zaten çok yetenekli, California'dayken babamın bazı oyunlarına yardımcı olurdu. Ama şimdi kendisi için yazıyor. İşte bu yüzden öğleden sonraları beni alabilecek zaman bulabiliyor. Annemin sürekli bir işte çalışmasını gerektirmeyecek kadar paramız olduğu için şanslıyız. Böylece yazma tutkusunun peşinden gidebilir. Umarım bir gün ben de bunu yapabilirim. Annem yöredeki bir kitabevinde yarım günlük bir iş buldu. Böylece insanlarla ilişki kurup kendini California'yı düşünmekten alıkoyabiliyor. Benim aklım hâlâ oraya gidip geliyor, ama birkaç ay önceki kadar değil. Babam hâlâ aramadı.

"Okul iyiydi." dedim. Emniyet kemerimi taktım ve yola koyulduk. "Anne, sana Anna ve Danielle'den söz etmiştim, değil mi?"

"Evet. Bir sorun mu var?" Annem frene her zamankinden biraz daha sert bastı ve dur işaretinde sarsılarak durduk.

Başımı hayır anlamında iki yana salladım. "Bir sorun yok." dedim ve yola baktım. "Her şey yolunda." Annem ayağını frenden çekti. "Anna, Danielle ile beni evine davet etti."

Annem, "Bu harika Jessica." dedi.

"Evet, ama Danielle'in gelemeyeceğini biliyorum."

"Nereden biliyorsun?"

Anneme Anna'nın annesi hakkında bildiklerimi anlattım. Ve Danielle'in annesinin Anna gibilerle takılmasına neden izin vermeyeceğini de açıkladım. Annem sağa dönüp sokağımıza kıvrıldı.

"Pekâlâ, Anna'nın annesi geçmişte bir hata yaptı diye sana hayır diyecek değilim." Garaj yolumuza girdik ve annem arabayı park etti. "Eğer Danielle tatlı bir kızsa eminim ki annesi de öyledir." dedi. "Ama Anna'nın annesinin nasıl bir insan olduğunu kendimiz göreceğiz."

"Babam da bir hata yaptı. Ama sen ona ikinci bir şans vermek istemedin." dedim.

"Baban başka bir şans istemedi." diye karşılık verdi annem. "Bunu biz ayrılmadan önce açık ve net olarak belli etmişti." Durdu. "Bugün boşanma kâğıtları geldi."

Sessizce oturdum. Annemin açık sözlülüğü beni fena dağıtmıştı.

"Çok üzgünüm tatlım." dedi. "Babanın en kısa zamanda seni arayacağından eminim."

Omuz silktim. "Kendimi daha iyi hissetmem için yalan söylemek zorunda değilsin."

"Pekâlâ, haklısın." İç çekti. "Sana karşı her zaman dürüst oldum." Bir kez daha iç geçirdi. "Arayıp aramayacağını bilmiyorum."

ocak

Jessica

6. Perde

Anna'nın evi küçük ama rahattı, tam ona ve annesine göreydi. Gri kepenkleri olan beyaz bir evdi ve küçük bir ön verandaları vardı. Anna bizi orada karşıladı. Daha birbirimize merhaba bile diyemeden, annem Terri'yle (Anna'nın annesi) el sıkışmıştı bile. Terri, annemi bir fincan kahve içmek için içeri davet etti ve ikisi mutfağa doğru gözden kayboldular. Anna da beni odasına götürdü.

"Umarım annelerimiz arkadaş olur." dedim.

"Ben de..." diye karşılık verdi Anna. "Annemin hiç arkadaşı yok."

Benimkinin de, diye düşündüm. California'dayken babam her zaman çalışıp, ilişkiler kurarken annem benimle takılırdı. Onu pek fazla görmezdik. O zamanlar bile çok meşguldü. Bir gün önce arayıp anneme boşanma kâğıtlarını alıp almadığını sordu. Hepsi bu. Benimle konuşmak bile istemedi.

"*Belle Teal*'i okuyorsun." Kitabı Anna'nın baş ucunda görmüştüm. "Hoşuna gitti mi?"

"Evet, okuyorum." dedi Anna. "Annem çalıştığı kütüphaneden benim için getirdi."

Terri'nin bir kütüphanede çalıştığını bilmiyordum. Ne kadar heyecan verici. Onunla kitaplar hakkında konuşmak istedim. Ve sonra Anna bana annesinin sanat dersleri aldığını söyledi. Bana annesinin bazı çalışmalarını gösterdi. İnanılmaz! Hemen aklıma Danielle geldi. Terri'yle tanışabilme fırsatının olmasını ve ortak bağlarını kendisinin keşfedebilmesini umdum. Sonra Anna bana kitaplarının geri kalanını ve rock koleksiyonunu gösterdi. Ben de ona okuduğum kitaplardaki karakterlerden birinden öğrendiğim küçük dilek bebekleri yapmayı öğrettim. Her türlü sıkıntınızı kendi üstlerine alan bu bebekler artık babam için benim yerime endişelenebilirdi, çünkü ben bunu yapmaktan vazgeçmiştim.

Oyun buluşmamız muhteşemdi ve günün geri kalanı eğlence parkında gibi geçti. Teşekkürlerimizi ve esenlik dileklerimizi paylaştıktan sonra yeniden buluşmak için anlaştık.

Eve geri dönerken annem, "Terri hakkında duyduklarının doğru. Zavallı kız." dedi.

Sessiz kaldım. Terri'yi kendi gözlerimle gördükten sonra, hikâyenin doğru olduğunu biliyordum. Çok genç görünüyordu.

"Ben de ona babandan söz ettim." diye devam etti annem.

Sessizliğimi korudum. Neler hissedeceğimi bilmiyordum. Şaşkın? Kızgın? Mutlu? Tüm bu duyguları aynı anda hissediyordum. Annem de sessizleşmişti. Sanırım ikimiz de kendimizi düşünmekle meşguldük.

anna

Danielle ilk oyun buluşmamıza kötü zamanlama nedeniyle gelememişti, ama Jessica gelebilmeyi başardı. Süper bir şey oldu! Jessica'yı annesi getirdi ama onu bırakıp gitmek yerine ön kapımıza geldi. Ve annemin kahve davetini kabul etti.

Gerçekten çok mutlu oldum. Annemin daha önce hiç konuğu olmamıştı, işte bu nedenle bugün onun da ilk oyun buluşması günü oldu. Belki de artık "hatasının" bedelini ödemesinin bir sonu gelmiştir. Umarım öyle olur. Ve o "hata" ben olduğuma göre, bu sanki benim suçummuş gibi geliyor bana. Ona bir arkadaş ve eş bulabilmesi için yardım etmek istiyorum.

Öğleden sonra hızla akıp gitti.

Jessica ve annesi gittikten sonra annem bana sarıldı. "Çok içten insanlar Anna." dedi. "Çok güzel bir arkadaş edinmişsin. Onunla istediğin kadar yakınlaşabilirsin."

Annemin sözleri beni gülümsetti. Bir sonraki sefer Danielle'in de gelebilmesini çok isterim. Eminim annem onun için de aynı şeyi düşünecektir.

Danielle

Bay Terupt, "Sınıf toplantısı!" diye duyuruda bulundu. Bu benim sınıfta en çok sevdiğim zamanlardan biriydi. Hepimiz sıralarımızı yoldan çektik ve sandalyelerimizle bir daire oluşturduk. Herkes, Bay Terupt dahil bu dairenin içine oturduk. Elinde bir mikrofon vardı. Bu gerçek bir mikrofon değildi ama onu konuşma objemiz olarak kullanıyorduk. Sadece mikrofon elinde olduğu zaman konuşabilirsin. Başlatması için Bay Terupt'ı bekledim.

Bay Terupt, "Anlaşılan zincirimiz çok geçmeden yere değecek, tabii sizler bana bir ya da iki harika gün daha verebilirseniz." dedi.

Zincir, sınıfımızın ödül sistemiydi. Bay Terupt okulun ilk günü tavandan yere dek sarkan bir zincir asmıştı. Sınıfça geçirdiğimiz her olağanüstü gün oraya bir halka daha ekledi. Hedefimiz, zincirin yere değmesiydi; böylelikle serbest bir gün kazanabilecektik.

"Çok iyi bir iş çıkardınız." diye devam etti Bay Terupt. "İşte bu nedenle serbest gününüzde ne yapmak isteyebileceğinizi merak ediyorum."

Bay Terupt mikrofonu soluna doğru kaydırdı. İstemiyorsanız bir şey söylemek zorunda değildiniz. Alexia mikrofonu yanındakine verdi. Bay Terupt onu koridora çıkardığından bu yana tek bir kelime bile etmemişti.

İlk harika öneride bulunan Luke oldu. "Ne istersek onu yapabileceğimiz bir serbest zamanımız olabilir mi? Bu bir sınıf içi teneffüs gibi olur; ama daha iyi planlayabiliriz."

Jeffrey mikrofonu aldığında, "Ben Luke'un fikrini beğendim." diyerek ona katıldı. "Eğer serbest zamanımız olacaksa belki James, Joey ve Emily ya da Özel Sınıf'taki diğer çocuklar da buraya gelebilirler. Ya da belki istersek bazılarımız aşağıya inebilir..."

Mikrofonu alan Anna, "Oyunlar getirebiliriz." dedi.

Sonra sıra bana geldi. "Bence günün bir bölümü için tüm bu önerilerden yararlanabiliriz. Ama belki dışarı da çıkabiliriz." Herkes tezahürat yaptı. Bu çok tuhaftı, yani diğer kızların beni desteklemesi. Çünkü Alexia eskisi gibi olsaydı onları kontrol ederdi. Oysa şimdi Alexia kenara çekildiği için, kızların tümü çok daha iyi anlaşıyordu.

Tabii kız savaşlarının olmaması her şeyin mükemmel gittiği anlamına da gelmiyordu. Hâlâ bir sorunum vardı. Anna! Anneme soramayacak kadar korkak olduğum için oyun buluşması davetine gidememiştim. Ailem için kötü bir hafta sonu olduğuna dair bir bahane uydurdum. Jessica bana harika zaman geçirdiklerini ve Anna'nın annesinin çok cana yakın olduğunu söyledi. Ve Anna bizi yeniden davet etti.

Anna bana, "Ailen için uygun olabilecek hafta sonunu öğrenirsen oyun buluşmasını onlara göre planlarız." demişti.

Bu kez anneme söylemek zorundaydım.

Bay Terupt toplantıda konuşacak son kişiydi. "Duyduklarım hoşuma gitti." dedi. "Günün bir bölümünü içeride geçirecek şekilde planlayabiliriz. Oyunlar oynarız, sonra da biraz temiz hava alırız. Bunu bir kez daha düşüneceğim ve sizi bilgilendireceğim. Ama önce son halkayı kazanmalısınız. Toplantı bitmiştir." Toplantıları bu cümleyi söyleyerek bitirirdi.

Bu toplantıları gerçekten seviyorum. İlk seferinde Bay Terupt bize bunun herkesin sesini duyurabilmesi için bir yol olduğunu söylemişti. Bunu ilk başta anlamamıştım, ama artık anlıyorum.

Peter

S onunda bir sınıf ödülü kazandık. Ya da kazanmak üzere-
yiz. Bay Terupt'ın dışarı çıkmamız konusunu düşünmüş
olmasını umuyordum. İşte bu nedenle ertesi gün ders başlar
başlamaz elimi kaldırdım.

Bay Terupt, "Ne var Peter?" diye sordu.

"Dışarı çıkmamızla ilgili düşündünüz mü? Okul kuralları-
na göre kar yağdığı zaman dışarıya çıkamayız. Asfalt bölüme
çıkabiliriz, ama orası da çok kalabalık oluyor ve yapacak hiçbir
şey yok." Herkes sessizleşmişti. Beni dinliyorlardı; çünkü haklı
olduğumu onlar da biliyordu.

"Pekâlâ Peter, düşünme biçimin hoşuma gitti. Bayan Wil-
liams'la konuştum. Bize herkesin kar pantolonu, şapkası, eldive-
ni ve çizmesi olması şartıyla kar yağdığında çıkabilmemiz için
özel bir izin verdi."

"Hepimiz suya düştüğünü gördüğümüz hâlde bize izin mi
verdi?" diye sordum.

Bay Terupt, "Evet." dedi ve kıkırdamaların bitmesini bekledi.

"Kar için izin, öyle mi?" diye tekrar sordum. Doğru anladığımdan emin olmak istiyordum.

"Karda..." diye karşılık verdi Bay Terupt. "Önemli olan, *herkesin* malzemelerini getirmiş olması, yoksa dışarı çıkamayız."

Buna inanamadım. O gece yatağıma yattığımda, gözümün önünde dans eden kar topları vardı.

Bugüne kadarki en iyi sınıf partisi olacaktı.

Jessica

7. Perde, 1. Sahne

Sınıf enerjiyle hareketlendi. Bay Terupt kâğıt zincirimizin yere değebilmesi için gereken son halkayı da eklemişti. Sınıfımızda Peter ve Alexia gibiler yüzünden halkaları yere değdirmekte zorlanmış olsak da bunu başarmıştık.

"Tebrikler. Serbest gününüzü kazandınız." dedi Bay Terupt. "Bir sınıf partisi günü."

Peter hâlâ inanamıyordu. Aslında hiçbirimiz inanamıyorduk. Peter çılgına dönmüş bir hâldeydi. Düşünebildiği tek şey, dışarı çıkıp kar topu oynamaktı.

Bana, "Kar eşyalarını getirmeyi unutma California kızı." dedi. Hatırlatılmasına ihtiyacım yoktu. Zaten tek düşünebildiğim buydu, ama heyecanlı olduğum için değil.

7. Perde, 2. Sahne

Kararsız bir şekilde elimi kaldırdım ve Bay Terupt'ın bana söz vermesini bekledim. Neredeyse eve gitme zamanıydı. Daha fazla bekleyemezdim.

"Bir şey mi sormak istiyorsun Jessica?"

"Evet... sayılır." dedim. "Bir sorunum var. Benim kar pantolonum yok. California'da böyle bir şeye ihtiyacım yoktu."

Sessizlik. Sanki dev vakumlu bir hortumla sınıftaki tüm heyecanı çekmiştim. Peter bana baktı. Ben ona bakamadım. Ve sonra Luke'un elini kaldırdığını gördüm. Bay Terupt ona da söz verdi.

"Lukester."

"Bende Jessica'nın ödünç alabileceği bir çift kar pantolonu var. Kız kardeşimin eski pantolonları."

"Aferin bebeğim!" diye bağırdı Peter. "Günü kurtardın!"

Bay Terupt benden tarafa bakıp, "Teşekkürler Lukester. Bu çok hoş bir davranış." dedi. "Jessica'nın onu alacağına eminim."

Ben sadece başımla onaylayabildim.

Peter, "Evet!" diye bir kez daha bağırdı. "Bu harika olacak."

Ben de öyle düşündüm. Özellikle de Luke'un cömertliğinden sonra. Luke'un her zaman sadece kendini düşündüğünü sanırdım. Belki de ona karşı ön yargılı olduğum için hatalıydım.

Bay Terupt masasında oturmuş, gülümsüyordu. Bana *Narnia Günlükleri*'nin *Aslan, Cadı ve Gardırop* adlı kitabındaki yaşlı profesörü hatırlatmıştı. Yoksa o da her şeyi biliyor muydu?

LUKE

Yirmi yedi halka. İşte, zincirin yere değebilmesi için bu kadar halka gerekmişti. Ben yanılmıştım. Yirmi altı olacağını düşünmüştüm. Bay Terupt daha beş halka varken bizden son sayıyla ilgili tahmin yürütmemizi istemişti. Çoğunluk sıradan tahminlerde bulunmuştu. Ama ben cetveli alıp elimizdeki halkayı ve yere değmesi için ihtiyacımız olanı ölçtüm. Asıl sorun, halkaların birbirlerinden farklı boylarda olmasıydı. Bu, kontrol edemeyeceğim bir çeşitlilikti. Sallanan halkaların ortalamasını aldım ve bunu yirmi altı sonucunu bulabilmek için kullandım.

"Pekâlâ çocuklar." dedi Bay Terupt. "Yirmi yedi halka. Bakalım doğru tahmin eden var mı?"

Tahminlerimizi boş bir kahve kavanozuna doldurmuştu. En yakın tahmini yapmış olmayı umuyordum. Belki de kimse doğru bilememişti. Bay Terupt tek tek kâğıtlarımızı çıkardı.

"Yirmi bir. *Otuz* (dolar sözcüğü). Elli!" Ben hariç herkes güldü. "Yirmi üç. Aha!" dedi. "İşte burada. Yirmi yedi."

Kaybettim. Yanıldığıma inanamıyorum.

"Ve kazanan... Anna."

Tahmin etmiş olmalıydı. Doğru hesaplamış olması mümkün değil. Anna başını dikleştirerek Bay Terupt'a doğru yürüdü. En azından kazanan Peter ya da Alexia değildi.

"Tebrikler Anna." dedi Bay Terupt. Ona ödev yapmama hakkı kâğıdını verdi. Anna gülümsüyordu. Neyse ki o kâğıtlara ihtiyacım yoktu.

"Bravo Anna!" diye bağırdı Jessica. "Aferin sana!"

"Ama durun!" diye araya girdi Bay Terupt. "Sanırım isabetli bir tahmin daha var."

Birilerinin, "Luke'unki olmalı." diye fısıldadığını duydum.

"Trompetler lütfen!"

Da da daaam!

"Ve ikinci kazanan... Peter!"

İçimden, *olamaz*, diye bağırdım. Tabii ki Peter abartılı hareketlerle öne doğru yürüdü ve dramatik bir selam verdi. "Teşekkür ederim. Teşekkür ederim." dedi. "Bu büyük bir onur."

Bay Terupt ona da ödev yapmama hakkı kâğıdını verdi. "Hemen kaybol!" dedi ve herkes buna güldü. Ben hariç.

Peter kâğıdını yüzüme savurdu. Elmer spor ayakkabıları şakası canımı sıkmamıştı, ama buna sinir olmuştum. Bedenimi sıcak bastı. Yüzüm ve kulaklarım âdeta yanıyordu. Tam bir ıstakoz gibi kıpkırmızı oldum. Ve sanırım daha da kızaracağım, diye düşündüm.

"Zincir yere değdi." diye duyuruda bulundu Bay Terupt. "Serbest bir gün geçirmenin zamanı geldi." Sınıf *arkadaşlarımla* (dolar sözcüğü) birlikte ödüllendiriliyorduk. Bay Terupt bize dışarı çıkacağımızı söylemişti. Harika, diye düşündüm. Peki, ama aklında ne vardı? Otoparkı temizlemek için kaç kez *kürek* (dolar sözcüğü) sallamamız gerektiğini mi hesaplayacaktık? Sanmıyorum. Sadece kar pantolonları, şapkalar, çizmeler ve *eldivenler* (dolar sözcüğü) istenmişti. Herkesin uygun giysileri olduğu sürece Bayan Williams'tan karda oynamamız için gerekli izin alınmıştı.

Jessica yüreğimizi ağzımıza getirdi. Ve dostum, bu gerçekten de inanılmazdı. Kar pantolonu yokmuş. Daha beklenmedik bir şey olabilir mi?

Peki, günü kim kurtardı? Tabii ki ben! Yapmak zorundaydım. Ayrıca Jessica'yı seviyorum. Okulu ciddiye alıyordu, hem Peter'a bir kar topu *patlatma* (dolar sözcüğü) şansını kaçırmak istemiyordum.

Jeffrey

"Bu senin hatan değil." Jessica bana böyle söylemişti ve bu cümle kafamın içinde dönüp duruyordu. Bunu bana sadece bir kişi daha söylemişti ve o da Michael'dı. Ölmeden önceydi. Buna inanmakta zorlansam da söyledikleri hâlâ kendimi biraz daha iyi hissetmemi sağlıyor.

Onun ve Jessica'nın sözlerine ihtiyacım vardı. Çünkü annem ve babamın beni suçladıklarını biliyorum. Beni sevmediklerine de eminim. Yoksa neden bu kadar sessiz olsunlar? Benimle konuşmuyor, birbirleriyle de konuşmuyorlar. Babam yeniden işe gitmeye başladı; ama annem evin içinde dolanıp duruyor. Michael'ın cenazesinden beri pijamalarını bile çıkarmadı.

Bu yıl Noel çok zordu. Bu, Michael olmadan geçirdiğimiz ikinci yıldı, zaten öncekini de kutlamamıştık. Yine de babam bu yıl bir çam satın aldı. Bir gün birden salonumuzda beliriverdi. Ben üzerine birkaç süsleme koydum. Annemse orada değilmiş gibi davrandı.

şubat

Peter

Sınıfa koştum. "Herkes eşyalarını getirdi mi?" diye bağırdım.

Bay Terupt masasından bana baktı. "Sakin ol Peter." dedi.

Hâlâ heyecanlı bir hâlde, "Herkes eşyalarını getirdi mi?" diye bir daha sordum.

Bay Terupt bir kez daha, "Sakin ol." dedi. "Derin bir soluk al."

Derin bir soluk aldım. Ve sonra normal bir ses tonuyla, "Herkes eşyalarını getirdi mi?" diye yineledim.

"Sanırım." diye karşılık verdi Bay Terupt.

"O hâlde gidelim. Hadi hemen gidelim!"

"Daha sonra çıkacağız Peter. Ayrıca önce yoklamaya, öğle sayımına katılmalı ve sabah duyurularını dinlemeliyiz."

Bay Terupt ayrıca, şimdi çıkıp ıslandığımız takdirde günün geri kalanının berbat olacağını da ekledi. Haklıydı ama ben yine de dışarı çıkmak istiyordum.

Sabahı farklı yerlere dağılıp oyunlar oynayarak geçirdik. Ben; Bay Terupt, Luke ve Jeffrey'le birlikte zekâ oyunlarından birini oynadım. Zarda *K* harfi geldi. Ve hızla fikirlerimizi sıralamaya başladık, sonra sıra onları paylaşmaya geldi. Sırayla oynadık, listeden devam ederken "Kumsalda olabilecek şeyler" maddesi geldi. Jeffrey fikrini paylaştı, sonra Luke, Bay Terupt ve işte sıra bana gelmişti. Ben öne doğru eğildim ve, "Piliçler!" dedim.

Luke, "Kumsala kim tavuk getirir ki?" diye sordu.

"Tavuk değil, piliçler!" diye karşılık verdi Jeffrey.

Neredeyse gülmekten ölüyordum. Dahası da var. Zekâ küpümüz Luke, biz gülmekten bayılmak üzereyken orada durmuş, bizi seyrediyordu. Ve ansızın, "Ne demek istiyorsunuz?" diye sordu. Buna inanabiliyor musunuz? Piliçleri bilmiyordu. Neredeyse delirecektim.

"Vay canına!" dedim. "Sen hangi dağda yaşıyorsun?"

Bay Terupt tam bu sırada araya girdi.

"Bu kadar yeter Peter." dedi. "Birçok kız bu terimden hoşlanmıyor. Kulağa onlara saygı göstermiyormuşsun gibi geliyor. Ve erkek olmak da kadınlara saygı göstermekten geçer."

Luke, "Aaa!" dedi. "Kızlar!" Ampulü sonunda yanmıştı.

Bay Terupt bana baktı ve başını iki yana sallayarak gülümsedi.

Bay Terupt en iyisi, diye düşündüm. Bu, onunla takıldığım son an oldu.

LUKE

Peter ansızın çok zeki olduğunu düşünmeye başladı. Şanslı bir tahmin sayesinde ödevden kurtulma hakkını kazandı ve zekâ oyununda kafamı karıştırdı. Ne fark eder ki? Onu yakalamaya *kararlıydım* (dolar sözcüğü).

Jeffrey

Asla bir öğretmenimle oyun oynayabileceğimi düşünmezdim, ama oldu işte. Bay Terupt, Luke ve Peter'la birlikte zekâ oyunu oynadık. Ve bazı konularda Luke'tan daha zeki olduğumu öğrendim. Ama bu onu kötü bir çocuk yapmıyor, sadece bir ahmak diyelim. Her ne kadar çok zeki olsa da Luke asla bununla böbürlenmez. Bu huyunu çok seviyorum.

Ama Peter öyle değil. Bazen beni gerçekten çok sinir ediyor. Sürekli bir şeyler yapıyor ve başı hiç belaya girmiyor. Dışarı çıkmak için beklediğini biliyordum. Onun için bir sürprizim vardı.

Eğer karışmasaydım her şey çok daha iyi olabilirdi. Okuldan nefret etmeye devam etseydim, bunların hiçbiri olmayacaktı.

128

Peter

Sonunda dışarıdaydık. Kar mükemmeldi. Süper kar topları hazırlayabilecek kadar yoğun ve yumuşak. Sahaya doğru yürürken bir avuç kar aldım ve elimde bastırmaya başladım. Dışarı çıkmadan önce Bay Terupt, "Kar topu atmak yok." demişti. Köşeyi döndük ve sıkıştırdığım kar topunu cebime koydum. Fırlatmak için fazlasıyla mükemmeldi. Ama şimdilik onu atmaya niyetim yoktu. El değmemiş sahaya doğru koştum. Saha da muhteşemdi. Üzerine tırmandığımız orta alanda âdeta kardan bir dağ vardı.

Lexie'nin yana doğru yürüdüğünü gördüğümde hâlâ tepede duruyordum. Son zamanlarda ne kadar sessiz olduğunu düşündüm, üzgün bir hâli vardı. Belki de bu nedenle, onu karın içine devirmenin içinde bulunduğu transtan çıkmasını sağlayacağını düşündüm. Hiç düşünmeden (bu zaten pek yaptığım bir şey değil), o tarafa doğru kaydım ve onu hafifçe ittim. Arkaya doğru düştü. Deliler gibi güldüm ama o gülmedi. Sonra daha küçük bir kar yığınına doğru koştum.

İşte kar topu savaşı böyle başladı.

Herkes katıldı, iki yığın arasında bir ileri bir geri koşuşturup duruyorduk. Birbirimize kar topu atıyor, boğuşuyorduk.

Nasıl olduğundan emin değilim, ama bir ara yere devrildim. Lexie'yi aranırken biri arkamdan gelip omzumdan çekti. Yığının tepesinden midemin üzerine düştüm. Lexie koşarak yanıma geldi ve yüzüme kar tekmeledi. Bu çok sinir bozucuydu. Birbirimizi yere düşürmek sorun değildi, ama birinin yüzüne kar tekmelemek başka şeydi... Bu yanlıştı. Çok kızmıştım. Dizlerimin üzerine kalktım ve GÜM! Bir kez daha yüz üstü kara gömülmüştüm. Artık öfkeden şakaklarım zonklamaya başlamıştı. Kimin yaptığını görmek için bir kez daha kalktım ve yine GÜM! Aynı şey oldu. Bu kez deviren kişi bir de yüzümü karın içine bastırmıştı. O kadar delirmiştim ki ayağa kalktım, cebimdeki kar topunu çıkardım ve tüm gücümle fırlattım.

Jessica

8. Perde, 1. Sahne

Köşeyi dönüp sahaya dağılana dek büyük ve ağır kar botlarımızın kaldırımda çıkardığı sesleri duyabilirdiniz. Sahanın ortasında dev bir kar yığını görünmüştü. Doğal olarak hepimiz ona doğru atıldık ve yaygara kopardık. Daha sonra belimize dek içine gömülebildiğimiz bu yığının içine atladık. Erkeklerin birbirlerini indirmeleri için çok beklememiz gerekmedi.

Peter fırsatı gördü ve Alexia'yı yığının kenarından düşürmeyi başardı. Alexia sırtüstü düştü, karın içine gömülmüştü. Peter gülüp kaçtı. Alexia ayağa kalktı. Yüzündeki çizgilerden ne kadar öfkelendiğini görebiliyordum. Birden Peter'a ulaşmanın bir yolunu düşündüm. Benden bir saldırıyı beklemezdi. Geri saldırmasını beklediği için gözleri Alexia'nın üzerinde olacaktı. Danielle ve Anna'yı da yanıma aldım. "İşte planımız." dedim. Bu bir öneri değildi. Sanki daha çok onlara zeki planımı nasıl uygulayacağımızı anlatıyordum.

8. Perde, 2. Sahne

Kar yığınının arkasına saklandık. Peter koşarak bize doğru geldi ve yukarı doğru tırmandı. Peter, ahmaklar kralı gibi yığının tepesinde dikilirken biz de tepenin arkasına geriledik.

Danielle omzuyla Peter'a vurup dengesini kaybettirdi. Peter şaşırmıştı. Ben de tam aksi yönden omzumla ona vurdum. Anna da arkasından son küçük darbeyi vurdu.

Bir, iki, üç darbe arka arkaya Peter için çok fazlaydı. Ölmekte olan bir martı gibi ciyaklayıp yüz üstü karın içine gömüldü.

Alexia ona doğru koştu ve kafasını kaldırmasıyla birlikte yüzüne kar tekmeledi. Danielle, Anna ve ben tam arkamızı dönüp Peter'ın kar topunu fırlattığını gördüğümüz sırada diğer yığına ulaşmıştık.

LUKE

Alexia, Peter'ın suratına kar tekmeledi. Peter gözlerindeki karları temizlemek için otururken sızlanarak söylendi. "Hadi onu ele geçirelim Lukester." dedi Jeffrey. Kendimi hedefini belirleyen bir *nişancı* (dolar sözcüğü) gibi hissettim. Jeffrey küçük yığından aşağıya kaydı, koştu ve Peter'ın yüzünü karların içine gömdü. Peter onun gelişini kesinlikle fark etmemişti. Ve o ayağa kalkıp yüzünü temizleyene dek Jeffrey çoktan ortadan kaybolmuştu. İşte tam o sırada ben saldırdım. Onu arkasından vurdum, yere devirdim ve yüzünü karın içine yapıştırdım. Bu rol *değişimi* (dolar sözcüğü) ve benim kazanan olmam kendimi harika hissettirmişti. Tüm zamanların en büyük bozgunu olacaktı.

Zafer sevincim her şey *mahvolmadan* (dolar sözcüğü) önce sadece birkaç saniye sürdü.

Jeffrey

Peter bunu hak etmişti. Onu çok iyi yakaladım, Lukester da öyle. Savaşta her şeyin geçerli olduğunu söylerler. Peter sulugöz biri değil ama hepimizin birden ona yüklenmesi fazlaydı. Öfkeden çılgına döndü ve buza dönüşmüş olan kar topunu fırlattı.

anna

K imsenin zarar görmesini istememiştim.

Danielle

Neden Jessica'nın planına uydum ki? Ona hayır diyebilirdim. Ona hayır demeliydim. Bu, eğlenceli olmalıydı. Hepimiz karın içinde itişip duruyorduk. Peter içimizden birini karın içine gömebilirdi. Her zaman böyle şeylerle uğraşır. Bu eğlenceli bir şey olmalıydı. Nasıl bu kadar kötü bir şeye dönüşebildi ki?

Jessica

8. Perde, 3. Sahne

Peter'a yaptığımız saldırılarda hiçbirimizin kötü niyetli olduğunu sanmıyorum. Kar topunu fırlatmasına o ani saldırılar neden olmuştu. Bunu bilemezdik. Ve her şeyi ben başlatmıştım.

LUKE

Peter'dan kaçıyordum, o yüzden her şeyi tam olarak gör-
medim. Ben başka bir şey gördüm. Danielle, Anna ve
Jessica'nın *şaşkın* (dolar sözcüğü) yüzlerini.

Peter

B ay Terupt'ın orada olacağını bilemezdim.

Danielle

Bay Terupt ayağa kalktı. Sonra yere yığıldı.

Jessica

âlâ Alexia'nın çığlığını hatırlıyorum. Güçlü ve korkmuş.

Peter

K imseye zarar vermek istememiştim.

LUKE

Bay Terupt bizi durdurmalıydı. Olayların fazla ileri gitme-
sine izin verdi.

Peter

K eşke onu geri alabilsem. Onu atmak istememiştim.

anna

Lütfen öğretmenim iyi olsun.

Danielle

Sevgili Tanrım,
Ben Danielle. Sana burada gerçekten çok ihtiyacım var.
Bay Terupt'ın sana ihtiyacı var.

ikinci bölüm

mart

Jessica

9. Perde, 1, Sahne

Bay Terupt komaya gireli birkaç hafta oldu. İlk duyduğumda hissizleştim. Olayın olduğu gece Bayan Williams annemi aradı. Müdire, tüm aileleri arıyordu. Annem telefonu kapadı ve bana Bay Terupt'ın durumunu açıkladı. Felç olmuş gibiydim, hareket edemiyor ya da konuşamıyordum. Bir yıldan daha az bir süre içinde ikinci kez olanlara inanamaz bir hâldeydim. Birincisi annem, babam ve kız arkadaşından söz ettiğinde olmuştu.

Kazadan sonraki gün sınıfımıza yedek bir öğretmen geldi. Adını hatırlamıyorum. Sadece sınıfımızın sessiz olduğunu hatırlıyorum. Bize meşgul olmamız için aptal ödev kâğıtları verilmişti ama kimse dikkatini veremiyordu, Luke bile. Aksine kâğıtlara ya da camdan dışarı boş gözlerle baktık. Her birimiz düşünceler okyanusunda ya da inişli çıkışlı duygular içinde kaybolmuş hâldeydik. Bayan Williams o sabah ilerleyen saatlerde sınıfımıza geldi.

Sınıfın önünde dikilip, "Çocuklar, buraya sizinle Bay Terupt hakkında konuşmaya geldim." dedi. "Sizin çevrede dolaşan söylentileri değil, gerçeği bilmenizi istiyorum. Bay Terupt komada, yani bilinci yerinde değil."

Bayan Williams sadece bunu söylemekle kalmadı, ama ben ancak bu sözlerini hatırlayabiliyordum. Gerçeği şimdiden biliyordum ama bunu ondan duymaya ya da bir başkasının bu konuda rahatça konuşmasına hazır değildim. Komaların nasıl olduğunu bilirdim. İnsanlar genellikle komadan çıkamazdı. Bu haksızlıktı. Rahatlamaya ihtiyacım vardı. *Terabithia Köprüsü* ve *May'i Özlemek* adlı kitaplarımı okumak istiyorum. Jesse Aarons, Summer ve Ob Amca'nın dostluklarına ihtiyacım var.

Bayan Williams sözlerini bitirmeden önce bir şey daha duydum. Kar topu olayının bir kaza olduğunu söylemişti, bu kimsenin hatası değildi. Buna kesinlikle inanmıyordum ve sınıf arkadaşlarımın da inanmadığını biliyordum. Merak ediyordum; acaba Bayan Williams, Bay Terupt'ın işlerin fazla ileri gitmesine izin verdiğini düşünüyor muydu? Ve eğer böyle düşünüyorsa Bay Terupt'ın başı derde girer miydi?

Umarım böyle olmazdı. Zaten yeterince kötü şeyle uğraşıyordu. Ayrıca dışarı çıkmamız için bize özel izin veren Bayan Williams'tı. Onu suçlayabilirdik. Ama kimsenin başının derde girdiğini görmek istemiyordum. Tek istediğim, Bay Terupt'ın uyanması ve tüm bu karışıklığı halletmesiydi.

LUKE

Bay Terupt'ı görmek istedim. Annem ve babam bunun iyi bir fikir olduğunu düşünmüyorlardı; ama onları dinlemeyecektim. Israr etmekten vazgeçmedim. Oraya gitmek zorundaydım. Sonunda pes ettiler.

Hastanenin asansöründen dışarı adım attım ve uzun koridora baktım. Bay Terupt bu odalardan birindeydi. Hemşireler masaların arkasındaydı. Bazılarının güldüğünü duydum. Nasıl gülebiliyorlardı ki? Öğretmenim komadayken nasıl gülebiliyorlardı? Önlerinden geçerken sessizleştiler. Bazılarının bana ve anneme baktıklarını hissettim, ama kapıda onun adını görene dek yürümeye devam ettim. TERUPT. 404 numaralı oda. (Aynı bizim sınıf numaramız gibi bu da bir *palindrom*'du.)[1] Durdum ve derin bir soluk aldım. Annemin elini omzumda hissettim. İçeri girdim.

---

(1) Tersten okunuşu da aynı olan cümle, kelime ve sayılar.

Onu gördüm. Sırtüstü yatıyordu. Mükemmel denecek kadar durgundu. Kolundan tüpler çıkıyordu. Yüzünde de bir maske vardı. Makineler sürekli bip sesi çıkarıyordu. Gözleri kapalıydı. Hareket etmedi. Bir santim bile. Sadece her zayıf soluğuyla beraber göğsü yükseldi ve indi.

Bir şey söylemek istedim. Bay Terupt'a orada olduğumu söylemek istedim. Ona iyi olacağını söylemek istedim. İstedim, ama yapamadım. Denedim. Denedim ve boğazımdaki yumru soluk almamı zorlaştırdı.

Ağlamak istemedim. Kendime ağlamamam gerektiğini söyledim. Kendimi ağlamamak için hazırlamıştım ama engel olamadım. Yaşlar gözlerimden taştı ve yanaklarımdan aşağıya süzüldü. Arkamı döndüm ve koşarak odadan çıktım.

Bay Terupt ölecekti. Bunu biliyordum. Onu görmüştüm. Neye benzediğini görmüştüm. O ölecekti. Öğretmenim ölecekti.

Asansörün kapısı açıldı ve içeri girdim, annem arkamdaydı. Bunun olmasına nasıl izin verebilmişti? Bize neden bu kadar güvenmişti? Bitki karışımımdan ders almış olmalıydı. Bunun iyi bir fikir olmadığını başından beri biliyordu, ama yine de yapmama izin vermişti. Tıpkı dışarıda oynamanın iyi bir fikir olmadığını biliyor olması gibi. Yine de izin vermişti. Bize bağırmalıydı. Peter'a frizbi atışı için kızmalıydı. Su birikintisi için de ona bağırmalıydı. O zaman bunların hiçbiri yaşanmazdı. Bizi durdurmalıydı. Oysa şimdi Bay Terupt ölecekti.

Asansörden dışarı çıkıp arabamıza doğru yürüdük. Yola koyulduğumuz sırada, tabeladaki HASTANE sözcüğünü gördüm. Bay Terupt bir *hastanede* (dolar sözcüğü) yatıyordu. Neredeyse gülümsüyordum.

Jeffrey

Bay Terupt komada. Tüm bunların ne demek olduğunu biliyorum. Küçüklüğümden hatırlıyorum. Komalar korkutucudur. Bir daha asla hastaneye geri gitmeyeceğim. O yerler kötü anılar ve felaketlerle dolu. Bay Terupt'ı görmek isterim ama onu ziyaret edemem. Bunu yapamam. Luke bana bunun korkutucu olduğunu söyledi. Biliyorum. Komadaki insanlar ölürler.

Komadaki ben olmalıydım... Michael değil.

Komadaki ben olmalıydım... Bay Terupt değil. Peter'ın kar topu bana isabet etmeliydi. Şimdi öğretmenimiz ölecek. Bu berbat bir şey. Okul da berbat. Her şey berbat! Hiçbir şey umurumda değilken her şey çok daha iyiydi.

anna

Luke, Jeffrey'e Bay Terupt'ı hastanede ziyaret ettiğini anlatırken o korkunç şeyi duydum: Bay Terupt ne kendine gelebiliyor ne de hareket edebiliyordu. Yine de içimdeki duygulara engel olamadım. Ben de gidip onu görmek istiyordum. Sadece bunu yalnız yapabileceğimi sanmıyordum. Bu nedenle Jessica ve Danielle'e benimle gelip gelmeyeceklerini sordum.

Öğle yemeğindeydik. Hepimiz sessizdik. Kimse kazadan bu yana çok fazla konuşmuyordu.

Jessica, "Anna, sorun ne?" diye sordu. Bir şeyler ters gittiği zaman bunu fark etmek konusunda çok iyiydi.

"Hiçbir şey." dedim. Fıstık ezmem ve reçelli sandvicimi kenara koydum.

Danielle, "Hadi anlat bize." dedi.

Hâlâ bir şey söylememiştim. Sandvicime odaklandım, tırtıklıyor ama yemiyordum.

"Hadi ama!" diye ısrar etti Danielle.

Sonunda patladım. "Ben gidip onu görmek istiyorum." Sessizlik. Sandvicimi küçük parçalara ayırdım. Danielle ve Jessica' nın da yemediklerini fark ettim. Üçümüz de yiyeceklerimize bakarak kendimizi oyalamaya çalışıyorduk.

Sonunda Jessica, "Ben de." dedi.

Danielle, "Gerçekten mi?" diye sordu. "Siz ikiniz korkmuyor musunuz?"

"Evet." diye yanıtladım. Öne doğru eğildim. "O hâlde birlikte gidelim. Benimle gelecek misiniz?"

"Ben gelirim." dedi Jessica ve sandivicini bir kenara itti.

Bu kez, "Sence aileleriniz izin verecek mi?" diye sordu Danielle.

İkimize birden soruyordu ama ben yanıtladım. "Ben çoktan anneme sordum. Bizi götürebileceğini söyledi."

"Ben deneyeceğim." dedi Danielle. "Ben de gitmek istiyorum."

"Birbirimize tutunduğumuzda daha güçlü oluruz. Unuttunuz mu?" dedi Jessica. "Aynı Bay Terupt'ın bize söylediği gibi."

Onun adını söylerken sesi de cılızlaşmıştı. Yine sessizleştik. Daha fazla ondan söz etmedik. Bu, çok can yakıyordu.

Danielle

Annem ve büyük annemin hastaneye Anna'yla -özellikle de annesiyle- birlikte gitmem konusunda öfkeleneceklerini biliyordum. Ama umurumda değildi, en azından bu kez. Onlara soracak cesareti kendimde buldum; çünkü bu benim için önemliydi.

Mutfakta oturmuş, akşam yemeği hazırlıyorduk. Ben patatesleri soyuyordum. Büyük annem ise o lezzetli tartlarından biri için elmaları soyuyordu. Annem de geri kalan işlerle ilgileniyordu. "Sence bu kar ne zaman kalkar?" diye sordu büyük annem. Çiftçiler havadan söz etmekten hoşlanırdı. Sıcak bir elmalı tart bu soğuk, karlı havada kulağa harika geliyordu. Derin bir soluk aldım ve söze girdim.

"Hastaneye gidip öğretmenimi görmek istiyorum." dedim. "Anna'nın annesi, Jessica ile Anna'yı götürecek. Ben de onlarla birlikte gitmek istiyorum."

Büyük annem, "O kız ve annesiyle hiçbir yere gidemezsin. Bunu sana daha önce söylemiştik." diye karşı çıktı.

Annem, "Anne!" diyerek araya girdi. "Bununla ben ilgilenirim. Sen yemekten gözünü ayırma. Danielle, benimle gel."

"Bundan hoşlanmıyorum." diye karşılık verdi büyük annem. Elma dilimlerinden biri kaydı ve yere düştü.

Annem beni oradan uzaklaştırdığı için çok mutluyum. Büyük annemi seviyorum ama bazen bir demir parçasından farkı yok. Asla eğrilip bükülmüyor. Öğretmen konusuna hiç girmeyelim. Ona göre bir öğretmen hâlâ sana cetvelle vuran ya da popona şaplak atan biri olmalı. Bay Terupt'ı kesinlikle anlamıyor. Büyük anneme göre tüm bu yaşananlar onun hatasıymış.

Bir gece bulaşıkları yıkarken, "Anlaşılan, sizin şu öğretmenin suçlaması gereken tek kişi kendisi." dedi. "Eğer çocuklar, hele şu Peter üzerinde daha fazla kontrolü olsaydı, bunların hiçbiri olmazdı." Elimdeki tabağı kurulamayı bıraktım. "Onun aylar önce iyi bir tokat yemesi gerekirdi. İyi bir öğretmen bunu ona çoktan atmış olurdu." Elimdeki tabak yere düşüp paramparça oldu. Onu düşürmek istememiştim.

Öte yandan annem beni anlıyor. Ona çoğu kez Bay Terupt'ı anlatmıştım. İşte bu yüzden onun ne kadar özel olduğunu anlıyor. Yan yana yatağımın üzerine oturduk. Birbirimize değil, karşımızdaki duvara bakıyorduk. Bay Terupt eskizimi oraya asmıştım.

Annem, "Onu gerçekten görmek istediğine emin misin?" diye sordu.

"Evet."

"Bu kolay olmayacak. Ona bağlanmış makineler ve tüpler olacaktır. Sana bakmayacak ya da bir şey söylemeyecek."

159

"Biliyorum. Luke okulda ziyaretinden söz ediyordu. Korkutucu olduğunu söylemişti."

"Ve ben senin Anna'nın ya da annesinin çevresinde olmandan hoşlanmıyorum. Yine de yalnız olmandansa arkadaşlarınla birlikte gitmenin daha iyi olacağını düşünüyorum."

"Charlie beni götürüp getirebilir." Anneme dönmemle birlikte yatak dalgalandı. Kabul edecek gibi görünüyordu. "Lütfen."

anna

Hastaneye gitme zamanımız gelmişti. Jessica ve annesi çoktan bize gelmişti. Annelerimiz çoğu zaman olduğu gibi mutfakta oturmuş, kahve içiyorlardı. Jessica'yla ben kitaplara bakıyorduk ama o bile okuyabilecek kadar odaklanmakta zorlanıyordu.

Kamyonetin karlı garaj yolumuza girdiğini gördüm. "Danielle geldi." Annem onu verandada karşılamak için yanımıza geldi.

Annemin kendi kendine, "Aman Tanrım!" dediğini duydum. Doğrudan ona baktığımı bile fark etmemişti. "Tıpkı eski, kırmızı çiftlik kamyoneti." Bu kamyoneti tanıyor muydu? Anlamamıştım.

Danielle'in merdivenleri çıkmasıyla birlikte ona, "Merhaba Danielle." dedim. "Bu, annem Terri."

Annem de, "Merhaba Danielle." dedi. "Soğukta kalma, içeri gel."

Danielle botlarındaki karları paspasımıza silkeledi. Montunu alıp askıya astım. Annem, "Sonunda seninle tanışmış olmak çok güzel. Anna bana senden çok söz etti." dedi ve el sıkıştılar.

"Sizinle tanışmak da çok güzel efendim." diye karşılık verdi Danielle. "Sizinle gelmeme izin verdiğiniz için teşekkür ederim."

"Bize katılabildiğine sevindim. Ve bana Terri diyebilirsin."

Danielle'i içeri aldım. Arkama baktığımda, annemin hâlâ kapıda durmuş, bir şeye baktığını gördüm. Birkaç uzun saniyeden sonra döndü. Bana gülümsedi: "Neden çabucak Danielle'e evi göstermiyor ve biraz takılmıyorsunuz? Ardından da yola çıkarız."

"Sen nereye bakıyorsun?"

"Hiçbir şeye."

Danielle, "Beni bırakan, ağabeyim Charlie'ydi." dedi.

"Bir ağabeyin olduğunu bilmiyordum." dedim.

"Evet, yirmi yedi yaşında. Benden çok büyük. Babam ve büyük babamla birlikte çiftlikte çalışıyor."

Anneme baktım. O da yirmi yedi yaşındaydı.

Danielle, "Her yere o kırmızı Ford'la gider." diye devam etti.

"Her zaman." diye yineledi annem. "Hâlâ şoför kapısında bir göçüğü var mı?"

"Evet efendim."

Ağzım açık kalmıştı. Burada neler oluyordu? Annem bunu nasıl bilebilirdi? Peki, Danielle annemin bildikleri konusunda neden benim kadar şaşırmamıştı? Anneme baktım ama daha ağzımdan tek bir kelime bile çıkaramadan (zaten ne diyeceğimi de bilmiyordum), bana döndü ve, "Hızlı bir tur Anna." dedi.

Danielle

Anna'nın annesine, siz de ağabeyim kadar gençsiniz demek istedim, ama saygısızlık etmek istememiştim. Bu yüzden kapıda durmuş Charlie'ye bakarken bir şey söylemedim. Anna'nın yine çöpçatanlık peşinde olduğunun farkındaydım. Ama bu konuda da tek kelime etmedim. Ailem Charlie'yle Terri'yi asla birlikte görmek istemezdi. Asla.

Aynı zamanda Jessica'nın annesiyle de tanıştım. Çok tatlı bir kadındı. "Bana Julie ya da Bayan Writeman diyebilirsin, hangisiyle rahat edersen." dedi.

Anna'nın evi basit ama sevimliydi. İnsanın sadece annesiyle birlikteyken eski, büyük bir eve ihtiyacı olacağını pek sanmıyordum. Anna'nın evinde en çok sevdiğim şey, duvarların bazılarında asılı olan sanat eserleri oldu. Çizimlerden birine yakından baktım ve alttaki ismi okudum. Terri Adams. Anna'nın annesi ressam mıydı? Elimde, Bay Terupt'ın odasına bırakmak üzere odamdaki duvardan alıp getirdiğim kendi çizimime baktım. Bayan Adams onunkilere ve kendi çalışmalarımıza baktığımı fark etmiş olmalıydı.

"Bu, senin çizimlerinden biri mi?" diye sordu. "Anna bana çok iyi bir ressam olduğunu söylemişti." Bakması için çizimimi ona doğru tuttum; ama bir şey söylemedim. "Pekâlâ, Anna'nın haklı olduğunu söyleyebilirim. Bu çok güzel bir parça Danielle."

"Teşekkür ederim efendim."

"Gölgelendirme ve desen konusunda çok harika bir iş çıkarmışsın." Çizimimdeki farklı alanları işaret ediyordu.

"Ne anlama geldiklerinden pek emin değilim, yine de teşekkür ederim efendim."

"Bir dahaki gelişinde seninle birlikte çizim yapmayı çok isterim." dedi. "Ve eğer istersen sana birkaç öneride bulunabilirim."

Bir dahaki gelişinde, demişti.

Anna, Jessica ve annesi de bize katılmıştı. Anna annesine, "Sana inanılmaz bir ressam olduğunu söylemiştim." dedi.

Bayan Adams bize gülümsedi.

"Gel Danielle. Sana annemin diğer çizimlerini ve odamı göstereyim."

Anna'yı izledim ama önce Bayan Adams'ın gülümsemesine karşılık verdim. Anna'nın evindeki kötü etkinin ne olabileceğini merak ediyordum. Burayı sevmiştim. Ve burada yaşayan iki insanı da sevmiştim. Aynı zamanda büyük annemin kolay kolay ikna olmayacağını da biliyordum.

Anna'nın odasında takıldıktan sonra artık gitme zamanı gelmişti. Yolda üçümüz arkada oturduk. Jessica kitabını tuttu, Anna bitkisini ve ben de özel çizimimi. Hepimiz sessizdik. Ben camdan dışarı, yoldaki kar tepeciklerine baktım ve bir yandan da kar topu oynadığımız günü düşünmemeye çalıştım. Ama bu imkânsızdı. Karın hayatımın geri kalanında bana o kaza anını hatırlatacağını biliyordum.

Jessica

9. Perde, 2. Sahne

Karakterler:
Ben, ben
Julie, annem
Danielle, arkadaşım
Anna, arkadaşım
Terri, Anna'nın annesi

Sahne!

Asansör kapısı açıldı. Beyaz koridora adım attık. Kalbimin sanki göğsümden çıkacakmış gibi attığı okuldaki ilk günümü düşündüm. Koridora dezenfekte ilaçlarının kokusu yayılmıştı. Bu hastane koridorunda da alkol ve iyot kokusu vardı. Yaz tatilinden dönen çocukların gevezeliklerinin aksine, burada duyabileceğiniz tek şey sürekli bipleyen o korkunç makinelerdi. Bu, okulun ilk gününden daha kötüydü. Yutkundum.

Elimdeki *Gömleklerimi Al Capone Yıkıyor* adlı kitabıma sarıldım, daha çok sıktım. O ilk gün Bay Terupt bana mutlu sonları sevdiğini söylemişti. Ben de ona bu kitabı getirdim. Kitabı göremeyeceğini ya da okuyamayacağını biliyordum ama yine de almasını istemiştim. Ayrıca elimde bir şey olması kendime hâkim olmama yardımcı oluyordu.

Odası çok uzakta olmadığı için mutluydum, yoksa bunu başaramayabilirdim. Ama başardım. Ve tabii Danielle ve Anna da. Orada birbirimiz için bulunuyorduk.

Kapısının önünde durduk. Tabelada siyah kalemle TERUPT yazıyordu. Parmağımla dokundum. Ama bulaşmadı. Danielle ve Anna'ya baktım. Korkumuzu saklamanın bir anlamı yoktu. Annem ve Terri destek için hemen arkamızda duruyorlardı, ama bunu kendi başımıza yapmamıza izin vermişlerdi. Onlara baktım.

Annem, "Buradayız." dedi.

Terri de, "Sizinle birlikte geleceğiz." diye ekledi.

Derin bir soluk aldım ve göreceklerim için kendimi hazırladım.

anna

Annem, "İyi misin?" diye sordu. Başımı salladım. Koridor çok hüzünlü, korkutucu ve bir o kadar da uzundu. Her yerden bip sesleri, öksürükler ve iniltiler geliyordu. Annem elini omzuma koydu. "Ben yanındayım." dedi.

"Charlie'nin kamyonundaki göçüğü nereden biliyorsun?" diye fısıldadım. Kendimi bunu düşünmekten alıkoyamıyordum.

"Daha sonra anlatırım."

"Onu tanıyor musun?"

"Evet, Charlie'yi tanıyorum." dedi annem. "Ama küçük bir kız kardeşi olduğunu bilmiyordum."

Durduk. Bay Terupt'ın odasının kapısı yarısına dek açıktı ama içerisini görebilmem için yeterli değildi. Birden annem ve Charlie'yle ilgili endişelerim ve sorularım ortadan kaybolup gitti. Yerini hızla Bay Terupt'la ilgili olanlar almıştı. Buna hazır mıydım? Danielle ve Jessica'yla birbirimize baktık ve kendimizi göreceklerimize hazırlamak için elimizden gelenin en iyisini yaptık.

Danielle

G eri dönüş yoktu.

Sevgili Tanrım,
Ben Danielle. Lütfen yanımda ol. Senin yardımına ihtiyacım
olacak.

Belki de arabada bekleyebilirdim ya da bekleme odasında, ama cesur arkadaşlarla birlikte olmak ilerleyebilmemi sağlamıştı.

Bip... bip. Bir öksürük. Bir tane daha... Kuru bir öksürük... İnlemeler... İnlemeler... İnlemeler.

Hastanedeki sesler korkudan sinmeme neden olmuştu. Âdeta büzülüp küçüldüğümü hissediyordum. Koridorda oturan yaşlı bir kadının önünden geçtik. Tekerlekli iskemlesinde titriyor ve saçma sapan bir şeyler söylüyordu. Aklıma büyük annemin, "Beni o saçmalayan bunakların olduğu yerlerden birine göndermek yerine doğruca toprağa gömseniz çok daha iyi olur." deyişini hatırladım. Bir an için içimden güldüm, ama sadece bir an için.

Durduk. Kapıdaki tabelanın üzerinde TERUPT yazıyordu. Kapı yarısına dek açıktı; ama içerisini göremiyordum. Bu aslında iyi bir şeydi; çünkü Bay Terupt'ın nasıl olduğunu gördükten sonra arabaya kaçabilirdim. Üçümüz sessiz bir şekilde birbirimize başımızı salladık. Hazırdık. Ya da en azından öyle düşündük.

İşte tam burada sana daha çok ihtiyacım olacak.

Jessica

9. Perde, 3. Sahne
Perde!

Bay Terupt'ın odasının kapısı hâlâ yarısına dek açıktı, yavaşça ittim ve içeri girdim. Yalnız değildi ama oda arkadaşı da yoktu. Bir ziyaretçisi vardı. Alexia.

Durdum. Danielle ve Anna da onu görmüştü. Hepimiz durduk. Alexia, Bay Terupt'ın yatağının yanındaydı, sırtı bize dönüktü. Orada olduğumuzu bilmiyordu. Kendi kendine konuştuğunu duyabiliyordum.

"İyi olmaya çalışıyorum öğretmenim. Sessizim. Başka ne yapabileceğimi falan bilmiyorum. Kimseye kötü davranmadım. İnan buna çok mutlu olurdun. Yani senin istediğin gibi yapıyorum. Ama yine de senin yardımına ihtiyacım var. Senin geri gelmene ihtiyacım var. Herkesin sana ihtiyacı var."

Şimdi tam olarak Alexia'nın arkasındaydım, ama o hâlâ farkında değildi. Yüzünü Bay Terupt'ın yatağına gömerek hıçkırdı.

Bay Terupt ise beyaz çarşafların üstünde, bedenini kaplamış tüplerle huzurlu bir hâlde uyuyordu. Çevresinde yeşil sayıları ve çizgileri olan ekranlar ve bir de bip sesleri vardı. Bana ne yapmam gerektiğini söylediğini hissettim.

Uzandım ve elimi Alexia'nın sırtına koydum.

Başını kaldırdı ve yaşlı gözlerle bana baktı. Ve ben de ağlamaya başladım. Alexia ayağa kalktı ve birbirimize sarıldık. Sımsıkı.

"Çok özür dilerim." dedi.

Daha sıkı sarıldığını hissettim. "Ben de." diye karşılık verdim.

"Ben California'ya hiç gitmedim." diyerek daha çok ağlamaya başladı. "Annem geçen yıl babamı evden attı. Aslında babam hiç hastalanmadı."

Alexia omzumda hıçkırarak ağlıyordu. Ona daha sıkı sarıldım. Akan yaşların arasından ben de ona, "Benim babam da yok. Hâlâ kız arkadaşıyla birlikte California'da." dedim.

Birbirimize sımsıkı ve güçlü bir şekilde sarılmıştık. Tüm sıkıntılarımızı bu kucaklaşmaya sıkıştırmıştık. Birbirimizi bıraktığımızda Alexia; Danielle ve Anna'ya da aynı şekilde sarıldı. Hepimizin gözleri yaşlıydı, annem ve Terri'nin bile.

Bay Terupt'ın yatağının yanındaki sandalyelere oturduk. Her iki tarafına yerleştik ve hiçbir şey söylemedik. Kitabımı hemen baş ucundaki komodine koydum. Anna bitkisini camın kenarına bıraktı ve Danielle de çizimini duvarlardan birine raptiyeledi.

Kendi düşüncelerimize dalıp gözleri kapalı hâlde hareketsiz yatan öğretmenimize baktık. Nedense yine de kendimi daha iyi hissetmiştim. Bay Terupt'ın gücü komadayken bile çok büyük bir olaya neden olmuştu. Kendimi havada süzülebilecek kadar hafif hissediyordum. Geçmiş geride kalmıştı ve artık geleceğe ilerleyebilirdik.

Gitme zamanı geldiğinde, Bay Terupt'ın eline dokundum ve ona, "Teşekkür ederim." diye fısıldadım. Ve üç arkadaşımla birlikte oradan ayrıldım.

Alexia

Oradan uzak durabilmemin hiçbir yolu falan yoktu. Özellikle de Luke'un hastaneye gidişini duyduktan sonra. Beni oraya götürebilecek bir babam yoktu ve annem de artık haftanın her günü öğlenden akşama dek çalışmak zorundaydı. Bu işlerimi kolaylaştırdı. Çünkü evde bana, "Nereye gittiğini sanıyorsun!" ya da "Hiçbir yere gitmiyorsun." diyebilecek kimse yoktu. Ama yine de korkuyordum.

Kararımı verdim ve bir gün okuldan sonra bisikletimi oraya doğru sürdüm. Hangi odada olduğunu biliyordum, Luke anlatırken duymuştum. Oraya vardığımda, doğruca asansöre gittim ve yattığı kata çıktım.

Koridorda hızla ilerlerken hemşirelerden biri, "Yardımcı olabilir miyim tatlım?" diye sordu. Ona bakmadım. Başımı iki yana salladım ve odayı bulana dek yürümeye devam ettim. İçeri girdim.

Ellerimle ağzımı kapatmak zorunda kalmıştım. Öğretmenin hareket falan edemediğini biliyordum, ama bu kadar çok boruya bağlı olmasını beklemiyordum. Uzun bir süre donakaldım. Sonunda parmak uçlarıma basarak yatağının yanına ilerleyebilecek cesareti topladım.

"Merhaba öğretmenim." dedim. "Ben Lexie." Şimdiden gözyaşlarımı tutmak için savaş vermeye başlamıştım. "Çok üzgünüm. Çok üzgünüm. Sana kötü davranmamalıydım. Bana o sözleri söylediğin için senden nefret etmek istedim; ama haklıydın öğretmenim."

Yatağının yanına diz çöktüm ve battaniyesini yumruklarımla sıktım. Ve sonra büyük damlalar düşmeye başladı. Yağmur damlası kadar büyüklerdi. Gözlerimden durmaksızın akıyorlardı ve onları durduramıyordum. Annemle babamın kavga ettikleri zamanlardaki gibi ağladım. Yüzümü örtüsüne silmeden birkaç dakika öncesine dek hıçkırdım. Öğretmen uyuyor gibi görünüyordu. Gerçekten ölecek miydi?

"Yani, artık daha iyiyim öğretmenim. Kimseye kötü davranmıyorum. Beni görsen sevinirdin."

Yine yumruklarımla battaniyesini sıktım ve daha büyük damlalarla savaşmak için çenemi sıktım.

"Öğretmenim, sana anlatmam gereken bir şey daha var. Emin değilim ama sanırım Peter'ın buradan çıktığını gördüm. Kar topunu atan oydu öğretmenim. Öyle yapmak falan istemediğini biliyorum. Bunların olmasını istemedi. O sizi seviyor. Hepimiz seviyoruz."

Gözlerimi battaniyesine sildim. Artık daha fazla ağlıyordum ama onunla konuşmaya devam ettim. "Peter artık tek kelime etmiyor. Kimseyle falan konuşmuyor. Tek bir kelime bile. Ama zaten kimse de onunla konuşmaya çalışmıyor. Sizi vurmak istememiş olsa da kar topunu fırlatan oydu. Bu yüzden olanlar hâlâ onun hatası." Peter için üzüldüm. Her şey berbattı ve benim karmakarışık duygularım vardı.

Omzumdaki eli hissettiğimde başımı Bay Terupt'ın battaniyesine gömmüştüm. Döndüm. Bu, Jessica'ydı. Danielle ve Anna da oradaydı. Onlara sarıldım. Onlara üzgün olduğumu söyledim. Ve sonra her şey bitti. Birden üç arkadaşım oldu. Sanki öğretmen bana yardım falan etti. Hem de komadayken. Onu çok özledim. Uyanması gerek. Daha önce aynı anda kendimi hem bu denli mutlu hem de bu kadar üzgün hissetmemiştim.

anna

Charlie, Danielle'in yirmi yedi yaşındaki ağabeyi. Danielle'i bize o bıraktı. Ve hastane ziyaretimizden sonra gelip alan da oydu. Kırmızı kamyonetinden inip kapımıza gelmedi; çünkü Danielle zaten hazırdı. Bir dahaki sefere Charlie'nin kapıyı çalabilmesi için Danielle'i oyalayacağım.

Verandada beklerken Danielle anneme, "Bu akşam beni de götürdüğünüz için teşekkür ederim efendim." dedi.

Annem de, "Her zaman bekleriz Danielle." dedi. "Birlikte çizim yapabilmeyi çok isterim." Danielle bu öneriye gülümsedi.

"Yarın görüşürüz." dedim. Sarıldık.

"Teşekkür ederim." diye fısıldadı.

Göçük bir kapısı olan kamyonete doğru yürürken ardından baktık. Uzun ve bitmek bilmeyen bir dakika boyunca umutla soluğumu tuttum. Ve ödülümü aldım. Charlie başını çevirdi ve bize doğru baktı. Gülümsemesini ve dostça el sallayışını gördüm, annem de aynı şekilde ona karşılık verdi. Odama dönüp yatağıma oturdum, birden kendimi çok yorgun hissetmiştim. Annem de yanıma geldi.

"İlginç bir akşam, değil mi?" dedi.

"Evet." diye karşılık verdim. "Zavallı Alexia. Onun da babası yokmuş."

"Herkesin bir hikâyesi vardır Anna."

Arkama yaslandım ve başımı yastığıma koydum. Annem de yanıma uzandı. "Bay Terupt iyi olacak mı?" diye sordum.

Annem, "Bilmiyorum tatlım. Umarım olur." dedi. Bana sarıldı ve ağlamaya başladım.

"Benim hatam mı?"

Annem dikleşip oturdu. "Senin hatan olan ne?"

"Bay Terupt'ın orada yatıyor olması."

"Anna, bu nasıl senin hatan olabilir ki?" Annem şaşırmışa benziyordu.

"Çünkü Peter'ı o kar topunu fırlatacak kadar delirten çocuklardan biri de benim."

"Anna, beni iyi dinle." Neredeyse öfkeli bir hâli vardı. "Bana bak." Gözleri kısıldı. "O kar topunu sen atmadın, atması için Peter'ı zorlayan da sen değilsin. Yaşananların kimin hatası olduğundan emin değilim, bunun bir önemi de yok. Ama senin hatan olmadığını biliyorum. Beni anlıyor musun?"

"Ben sadece onun iyi olmasını istiyorum."

"Biliyorum tatlım. Ben de istiyorum."

Asla ağzımdan çıkan bir sonraki cümleyi anneme soracak kadar cesur olabileceğimi tahmin etmezdim. Ama Bay Terupt'ı o hâlde gördükten sonra duygularım kendiliğinden su yüzüne çıkmıştı. "Yıllar önce geçmişte yaşadıkların için hiç beni suçladın mı?"

"Seni suçlamak mı?"

"Dışlanmış olman benim hatam mıydı?"

"Anna, tatlım, lütfen bana ciddi olmadığını söyle."

Yanıt vermedim.

"Yüce Tanrım." Annem ellerini yanaklarıma koydu ve çok yumuşak bir ses tonuyla konuştu. "Anna, sana sahip olduğum için kendimi şanslı sayıyorum. Sana sahip olabilmek için tüm o acılara yeniden katlanırım. Seni asla suçlamadım ve suçlamayacağım. Sen benim her şeyimsin." Annemin yanağından aşağıya bir damla gözyaşı süzüldü ve üzerime düştü. "Asıl ben her zaman seni böyle bir durumda bıraktığım için sonunda benden nefret etmenden korktum."

"Sen harika bir annesin." dedim. "Seni seviyorum."

"Ben de seni seviyorum." Annem öne doğru eğildi ve birbirimize sarıldık. Sonra yanaklarımdan öptü ve yanıma uzandı. Ona Charlie'yi sormak istedim ama gücüm tükenmişti. Gözlerimi kapadım.

Danielle

Bay Terupt'ı görmeye gittiğim için mutluyum. Kolay değildi ama yalnız çok daha zor olurdu. Lexie bunu nasıl başardı bilmiyorum. Ama orada olmasına sevindim; çünkü artık yeniden arkadaşız. Artık kötü davranacağını sanmıyorum. Bence Bay Terupt ona yardım etti. Komadayken bile hataları düzeltmemiz için dördümüze yardımcı oldu.

Jessica'nın babası hakkında bir bilgim yoktu. Her şey mükemmelmiş gibi görünüyordu, ailesinin de öyle olduğunu düşünmüştüm. Lexie'nin de çok şanslı olduğunu düşünürdüm. Belki de kemiklerimdeki bu fazladan etlere karşın en şanslı olan benim. Belki de Bay Terupt'a sahip olduğumuz için hepimiz şanslıyız.

Kazanın neden olduğunu bulmaya çalışıyordum. Her gece dua ediyor ve trajediyi anlayabilmek için yardım diliyordum.

Bay Terupt, Lexie ve bize yardım etmişti. Anna'nın evine gidebilmeme de yardımcı olmuştu. Yeniden gitmek istiyorum.

Annesi çok tatlı. Ve beni aldığında, Charlie'nin ona beğeniyle baktığını fark ettim. Yine de bu konuda Charlie'ye ya da Anna'ya yeniden gitme isteğimle ilgili bir şey söylememeye karar verdim. Şimdilik...

Mutfağa girmemle birlikte annem ve büyük annem ziyaretimin nasıl geçtiğini sordu. "O kadın çılgınca bir şey söyledi veya yaptı mı?" Büyük annem merak içindeydi.

Annem anlayışla, "İyi miydi?" diye sordu.

"İyi görünüyordu." diye karşılık verdi Charlie. Beni kurtarmak için geldi ve sonra odadan çıktı.

"Cana yakındı. Ondan hoşlandım." dedim. "Birlikte Bay Terupt için dua edebilir miyiz? Geç oldu ve ben çok yorgunum."

"Tabii tatlım." dedi annem. Büyük annemin bundan bir parça bile hoşlanmadığından emindim; ama o da bize katıldı.

Ertesi gün okulda Jeffrey ziyaretimizle ilgili birçok soru sordu. Luke'a da birçok soru sormuştu.

"Ona bağlı kaç tane tüp vardı? Onu yatırdıkları birimin adı neydi? Kan veriyorlar mıydı? Kalp hızı neydi?"

"Jeffrey yeter!" dedim. "Yanıtları bilmiyorum ve soruların beni üzüyor."

"Özür dilerim."

"Kendin gidip görmelisin."

Jessica'yla birbirlerine baktıklarını gördüm. Bilmediğim bir şey olduğunu hissettim.

Tekrar, "Özür dilerim." dedi. Ve yanımızdan ayrıldı.

Sevgili Tanrım,

Ben Danielle. Burada işler yine zorlaşıyor. Ben elimden geleni yapıyorum; ama bu hiç kolay değil. Alexia'yı geri ver-

diğin için teşekkür ederim, hem de yepyeni bir Lexie. Bunun için sana minnettarım ama başka şeyler istemek üzereyim.

Konu Bay Terupt. Onun sana ihtiyacı var. Onu gördüğümde korkunç bir hâldeydi. Burada onu geri isteyen çok fazla insan var. O bugüne dek sahip olduğumuz en iyi öğretmen ve burada yapacağı bir sürü iyi şey olduğunu biliyorum. Lütfen canı yanarsa onu rahatlat ve lütfen onu iyileştir.

Bir de Jeffrey var. Jessica'ya nasıl baktığını gördüm. Bir sorunu var. Lütfen ona da yardım et. Jessica, Lexie ve Anna için de dua etmek istiyorum, üçünün de babası yok. Bay Terupt'ın geri gelmesine ihtiyaç duymamızın nedenlerinden biri de bu.

Ve son olarak kendim için dua etmek istiyorum. Anna'nın evine bir kez daha gitmek istiyorum. Belki bana bu konuda yardımcı olabilirsin. Bay Terupt'ın kazasının kimin hatası olduğunu düşünüyorum. Peter'ın hatası olduğunu düşünmüştüm; çünkü kar topunu atan oydu. Ama Bay Terupt'ı gördükten sonra sorumlunun ben olup olmadığını da merak ediyorum. Dışarı çıkmayı öneren bendim ve Peter'ı aşağıya itmelerine yardım ettim. İşte bu yüzden tamamen masum olduğumu düşünmüyorum. Lütfen beni affet. Âmin.

LUKE

Bay Terupt'ı ikinci kez ziyaret etmenin bu kadar zor olabileceğini düşünmemiştim. Neye hazırlıklı olmam gerektiğini biliyordum. Yanılmışım.

Bay Terupt'ı yeniden o yatakta görmek kolay değildi. Daha iyi görünebileceğini düşünmüştüm. Ama aynı görünüyordu. Hâlâ tek yaptığı, orada yatmaktı. Çevresinde aynı bip sesleri, tüpler, monitörler ve koridordan gelen diğer sesler vardı. Her şey aynıydı.

Boğazımdaki düğümün gitgide büyüdüğünü hissettim. Annemin eli omzuma dokundu. Hislerimi anlamıştı. İnanamaz bir hâlde öğretmenimin yatağının yanında dikildim, kendimi çaresiz hissediyordum.

Sonra doktor içeri girdi. En azından doktor olduğunu anlamıştım. Gri saçları, beyaz bir önlüğü ve zeki bakışları vardı. Başıyla bizi selamladı ve Bay Terupt'ın yanına gitti. Bazı rakamları ve sıvıları kontrol etti. Bay Terupt'ın göz kapaklarını çekip ışık kalemiyle göz bebeklerine baktı ve odadan çıkmak için kapıya yöneldi.

"Durun." dedim. "Durun."

Durdu ve bize döndü.

"Siz Bay Terupt'ın doktoru musunuz?"

"Evet. Ben Doktor Wilkins. Doktorlarından biriyim."

"Bay Terupt iyileşecek mi?"

Derin bir soluk aldığını gördüm. Önce anneme sonra bana baktı. "Bilmiyorum evlat."

"Neyi var? Tamam, komada; ama neyi var?"

Doktor Wilkins oturmamız için sandalyeleri çekti ve karşımıza oturdu.

"Bay Terupt çocukken, hatta üniversitede bile çok fazla güreşmiş." diye açıklamaya başladı. "Birden çok beyin sarsıntısı geçirdiği için bu sporu bırakmak zorunda kalmış. Bu beyin sarsıntıları beynindeki belirli bölgeleri zayıflatmış. Atılan kar topu bu zayıf bölgelerden birine çarpmış. Tam olarak *şakak* (dolar sözcüğü) bölgesi diyebiliriz. Ve bu da kafatasını çatlatmış." Doktor Wilkins bunu söylerken oldukça üzgün görünüyordu. Soru sormamı bekliyor muydu bilemiyorum ama sormak zorundaydım.

"Yani bu, eğer Bay Terupt beyin sarsıntıları geçirmiş olmasaydı komada olmayacaktı anlamına mı geliyor?"

"Buna kesin bir yanıt veremem, ama büyük olasılıkla olmayacaktı."

"Peki, şimdi ne yapıyorsunuz? Sadece bekleyecek misiniz?"

Doktor Wilkins derin bir soluk daha aldı. Daha fazlası olduğunu hissetmiştim. Daha fazla kötü haber. Anneme baktı ve o da başıyla açıklaması için ona onay verdi. Süslü bir rapor istemiyordum. Gerçekleri istiyordum ve annem de bunu biliyordu.

"Bay Terupt'ın çatlağının hemen arkasında bir kanaması var. Ve beyninde kan *toplanıyor* (dolar sözcüğü). Durmasını umuyorduk, ancak olmadı. Kanayan damarları sıkıştırabilmemiz için onu beyin ameliyatına almamız gerekiyor."

"Peki, sonra iyi olacak mı?"

"Eğer işe yararsa, evet."

Eğer sözcüğünü sesli ve güçlü bir şekilde duymuştum.

"Peki ya *eğer* işe yaramazsa?" diye sordum.

"Beyin ameliyatı risklidir. Hastanın iyileşememesi olasılığı her zaman vardır."

"Yani ölme olasılığı." dedim. Annem kolunu bana doladı.

"Senin adın ne evlat?"

"Luke."

"Evet Luke. Öğretmenin ameliyat sırasında ya da ameliyatın sonucunda ölebilir. Ama bunun olmaması için elimden gelenin en iyisini yapacağım."

Ayağa kalktım ve Bay Terupt'ın yatağının yanına gidip ona baktım.

Doktor Wilkins de ayağa kalktı ve yanıma geldi. "O çok özel bir öğretmen, değil mi?" diye sordu.

Sadece başımla onaylayabildim. Konuşursam bir bebek gibi ağlayacaktım.

"Elimden gelenin en iyisini yapacağım Luke. En azından buna söz verebilirim." Omzumu sıktı ve odayı terk etti.

Beyin ameliyatı, diye düşündüm. Bay Terupt asla geri gelmeyebilirdi.

Koridora koştum. "Doktor Wilkins!" diye bağırdım. Arkasını döndü. "Bana anlattıklarınızı sınıfımdan başka bilen var mı?"

Doktor Wilkins tekrar bana doğru yürüdü. "Başta beyin sarsıntılarıyla ilgili hiçbir şey bilmiyorduk." dedi. "Ama diğer öğretmeniniz Bayan Newberry bize Bay Terupt'ın geçmişiyle ilgili bilgileri sağladı. Sanırım Bay Terupt ona güreş yaptığı günlerden söz etmişti. Ve bu iyi bir şey, çünkü onunla ilgili ilişki kurabileceğimiz hiç kimse yok."

Sessiz bir şekilde orada dikilip kalmıştım. Kimse yoktu... Bay Terupt'ın kimsesi yoktu.

Doktor Wilkins, "Ama senin soruna yanıt vermek gerekirse, sınıfınızdan sana anlattıklarımı bilen bir kişi daha var." diye devam etti.

"Sanırım adının Peter olduğunu söylemişti."

Yine sessizdim. Peter mı? Peter'ın buraya gelebileceğini düşünmemiştim. Doktor Wilkins gitmek için arkasını döndü. "Durun." diye seslendim. "Peter beyin sarsıntılarını biliyor mu? Yoksa sadece beyin ameliyatını mı biliyor?"

"Sadece beyin ameliyatını. Neden sordun?"

"Çünkü kar topunu fırlatan Peter'dı."

nisan

Jessica

10. Perde, 1. Sahne

Bayan Williams, öğretmenimiz olarak gerekli sorumlulukları aldı. Berbat hâlimizin farkındaydı ve bunu anlıyordu. Beşinci sınıf olmamıza karşın duygularımızın ne kadar gerçek olduğunu biliyordu. Bayan Williams'a cesur davranışı nedeniyle saygı duyuyordum ama bu hiçbir şeyi değiştirmemişti. Bay Terupt hâlâ hareketsiz bir hâlde, o kocaman beyazlığın ve biplemelerin ortasında yatıyordu. Sınıfımız da öğretmenimiz kadar cansızdı. Bay Terupt'ın geri gelmesine ihtiyacımız vardı.

Her şeyin bir nedeni vardır. Jeffrey'e böyle söylemiştim. Peki, buna inanıyor muydum? Bazen. Babamın bizi terk etme nedenleri neydi? Bunu henüz bulamamıştım. Ya Bay Terupt'ın içinde bulunduğu kötü durumun? Yanıtların herkes için farklı olduğuna karar verdim. Ve belki de herkes için bir neden yoktu. Alexia için nedenini görebiliyordum. Bu kaza olmasaydı tekrar arkadaşım olabileceğini pek sanmıyorum. Bu kaza olmasaydı eminim ki Danielle de asla Anna'nın evine gidemezdi. Peki ya Luke ve Jeffrey'in nedenleri ne? Her ikisi için de ortaya çıkan bir neden göremiyorum. Ve kendim için de bir tane bulamıyorum.

LUKE

Sınıf sessizliğini *korumaya* (dolar sözcüğü) devam ediyordu. Her ne kadar Bay Terupt'ın beyin ameliyatıyla ilgili içimde bir sürü şey biriktirmiş olsam da ben de sessizdim. Bunu Peter da biliyordu, ama tüm ayrıntılara sahip değildi. Kendini suçladığını biliyorum. Bu görülebiliyor. Kazadan bu yana ortalıkta âdeta bir mumya gibi dolaşıyor. Kendini *suçlamalı* da. Kar topunu atan oydu. Ama kar topu Bay Terupt yerine bir başkasına gelseydi, böyle bir trajedi yaşayacağımızı pek sanmıyorum. İşte Peter bunu öğrenmeli. Her şeyi yoluna koymasa da acısını azaltmaya yardımcı olabilir.

Ama bunu ona ben söyleyemem. Kimse onunla konuşmuyor. Yine de onunla konuşmak istememinin nedeni bu değil. Onun kar topunu *neden* fırlattığını bilmek istemiyorum.

Danielle

B ahar zamanı gelmişti. Kiliseden sonra ön verandada büyük annemle birlikte oturdum. O kahvesini (koyu, çünkü o sert biri) ve ben de buzlu çayımı (tatlandırıcısız, çünkü ben de onun gibi sert olmayı umuyorum) içiyordum. Büyük annemle geçirdiğim bu anları seviyorum.

"Hiçbir şey New England'daki bahara benzemez Danielle." dedi. "Sert kışa katlanırsın ve bu sayede yeni mevsimi gerçekten de takdir etmeyi daha iyi öğrenirsin."

Neden söz ettiğini biliyordum. Kar erimiş, kuşlar geri gelmiş, ötüyor ve şükrediyorlardı. Çiçekler açtı ve goncalar belirdi. Çiftlikteki hayvanlar canlanmaya başladı. Neşelenme zamanı gelmişti. Ama ben yapamadım; büyük annem bunu fark etti.

"Ülkede, kışın gerçekten yaşanmadığı diğer yerlerde insanların baharı gözden kaçırdıklarına bahse girerim." dedi. "Ne büyük utanç!"

Başımla onayladım. Bahar gerçekten de farklıydı. Öğretmenim hâlâ uyuyordu, bu üzerimde ağırlık yaratıyor ve tüm mutluluğumu âdeta emiyordu. Kendimi hâlâ kış uyuşukluğu içinde hissediyordum.

"Danielle, hadi gel dua edelim." Başımı eğdim ve gözlerimi kapadım. Büyük annemin güzel hava ve baharın hediyeleri için Tanrı'ya teşekkür edeceğini düşünmüştüm. Bu çok normal olurdu ama o beni şaşırtmayı tercih etti.

"Sevgili Tanrım, Bay Terupt'ın sana ihtiyacı var. Günümüz öğretmenlerini anlamıyorum, ama Bay Terupt'ın iyi bir öğretmen olduğunu anlamaya başladım. Torunumu ve arkadaşlarını nasıl etkilediğini gördüm. O, özel biri. Ona henüz yukarıda ihtiyacın yok. Bu yüzden onu en kısa zamanda bize geri ver. Âmin."

Büyük annem onun benim için ne kadar önemli olduğunu sonunda anlamıştı. Duası kendimi daha iyi hissetmemi sağlamıştı. Büyük annem yanımda olduğunda, kendimi her zaman daha iyi hissederim, Tanrı'ya ne yapması gerektiğini söylese bile...

"Teşekkür ederim büyük anne." dedim. "Seni seviyorum."

"Ben de seni tatlım. Onun için dua etmeye devam edeceğim."

Büyük annemin duasından sonra bile kış uyuşukluğumdan sıyrılamadım. Ama sonra beklenmedik bir şaşkınlıkla ayıldım. Bunun nedeni, Bay Terupt'tan gelen cesaret verici işaretler değil, Anna'nın şok edici haberleriydi.

anna

Salıncakta bacaklarımı öne ve arkaya doğru salladım. Ayağımın altındaki su birikintisiyle öylesine oturmak yerine, biraz harekete ihtiyacım vardı. Danielle, Jessica ve Lexie de salıncaklarda oturuyorlardı. Danielle hemen yanımdaydı. Teneffüste yeniden dışarıda olmak güzeldi, artık kar kalkmıştı.

"Dün okuldan eve geldiğimde, Charlie bizdeydi." dedim. Danielle sallanmayı kesti. "Annem bana sadece bir fincan kahve içip sohbet ettiklerini söyledi." Danielle yeniden, yavaşça sallanmaya başladı, yine de bir şey söylemedi. "Eğer Charlie annemle evlenirse bu bizi ne yapar?" Devam ettim. "Kız kardeş!"

Danielle ayaklarını yere bastı ve salıncaktan indi. Bana döndü. Ben de yavaşladım. Bir sorun mu vardı? Doğrudan bana bakıyordu.

"Anna, Charlie asla annenle evlenmeyecek." dedi. "Ailem buna asla izin vermez."

Sallanmayı kestim. Jessica ve Lexie de durmuştu. "Neden?" diye sordum.

"Ailem." Danielle konuşmaya başladı, sonra başını öne eğdi ve sesi kısıldı. "Ailem senin anneni onaylamıyor."

Kendimi Charlie'nin kırmızı kamyonetinin altında kalmış gibi hissettim. Bütün bedenim ansızın güçsüzleşti. "Ama annem iyi bir insan." dedim.

Danielle, "Biliyorum." diye atıldı. Ayağını çamura sürüdü. "Ama bu kolay değil. Eğer Bay Terupt'ın kazası olmasaydı, sizin evinize gelmeme izin vereceklerini pek sanmıyorum."

Bugün bir şey öğrendim. Tüm olanlardan sonra bile, annem hâlâ geçmişte olan bir şey yüzünden dışlanıyor. Ve Bay Terupt'ın kazasına yol açanlardan biri olduğum için ben de hayatımın sonuna dek bunun bedelini ödeyeceğim.

Jessica

10. Perde, 2. Sahne

Anna ve Danielle'le birlikte sallandığımız gün Bay Terupt'ın kazasının bir nedeni daha olduğunu öğrendim. Danielle'in Anna'nın evine gidebilmesinden çok daha büyük bir neden. Bu sadece bir başlangıçtı. Bay Terupt'ın Anna, Danielle ve bana kavuşması için Lexie'ye yeniden yardım ettiği gibi, kazanın belki de Danielle'in ailesinin Anna ve annesini kabul etmesine yardımcı olabileceğini düşündüm. En azından bunu umdum.

Jeffrey

Sıkıcı günlerin ardı arkası kesilmiyordu. Hayat yeniden normale dönmüştü, yani her şey berbattı. Hepimiz aynı şeyi düşünüyor, ama asla konuşmuyorduk. Yani herkes birlikteyken. Küçük gruplar orada burada fısıldaşıyordu, ama hepsi buydu. Onlara katılmadım. Çok fazla kötü ve korkutucu anı vardı. Ve sonra sessizliği bozacak bir şey oldu.

Jessica

10. Perde, 3. Sahne

Bayan Kelsey geldi. Yüzünde bir gülümsemeyle, "Bugün buraya sizlerle bir haberi paylaşmak için geldim." dedi. Bize nasıl böyle gülümseyebilirdi ki? Olanları bilmiyor muydu? "James okuldan ayrılıyor."

Daha fazla kötü haber, diye düşündüm. Harika.

"Bu James için harika bir şey. Okulda çok başarılı oldu ve artık yaşadığı kasabada sizinki gibi bir sınıfa katılabilir."

Hiçbirimizden çıt çıkmıyordu. James için sevinmem gerektiğini biliyordum, ama şu an hiçbir şey için heyecanlanamıyordum. Sanırım herkes aynı şeyleri hissediyordu. Bayan Kelsey şaşırmıştı. Sessizliğimizi anlayamadı; ama Bayan Williams onu cesaretlendirircesine başıyla onayladı.

Bayan Kelsey, "Özel Sınıf hepinizi James için vereceğimiz sürpriz veda partisine davet etmek istiyor." diye devam etti. "Çoğu kez siz bizi davet ettiniz ve bizim için çok şey yaptınız. Biz de bu kez davet etme sırasının bizde olduğuna karar verdik.

Ayrıca James sizi çok seviyor. Çocuklar, siz gerçek bir fark yarattınız. Onun gelişmesinin ve eğitimine devam edebilmesinin nedeni sizlersiniz."

Bir fark yarattık. Bir saniye için kendimi iyi hissettim; ama Bay Terupt olmasaydı bunların hiçbirinin yaşanamayacağı aklıma geldi. Hiçbir şey için sevinemiyordum. Öğretmenim olmadan asla...

Jeffrey

Bayan Kelsey iyi haberler getirdi ve bu, beni gerçekten coş-
turdu.

"James gidiyor." dedi.

Bu nasıl iyi bir haber olabilirdi ki? Bağlandığım herkesi so-
nunda kaybetmek zorunda mıydım? Neden çabalıyordum ki?

LUKE

Özel Sınıf'a doğru yola koyulduk. James için hazırlanan sürpriz veda partisine gidiyorduk. Onun için sevinmeye çalışıyordum ama bu çok zordu.

Korkunç/Endişe Verici Haberler (Bay Terupt) + Mutlu Bir Parti (James) ≠ Mutlu Luke

İstilacı canlılar, yeni bir ortama getirilen organizmalardır. Doğal bir yok edicisi olmadığı için kolaylıkla gelişebiliyorlar. Tüm kaynakları tüketir; geride, başlangıçta var olan organizmalar için hiçbir şey bırakmazlar. Sonunda yeni türler ölür. Özel Sınıf'a doğru giderken sınıfımızın aynı istilacı canlılar gibi hareket etmesinden korkuyordum. Mutsuz ruh hâlimizle tüm sevinci çekip alacaktık. Neyse ki ilacımız partide saklıydı.

Işıklar açıldı. James'in içeri girmesiyle birlikte hepimiz, "Sürpriz!" diye bağırdık. Yüzü aydınlandı. Ben de ister istemez gülümsedim. Ve her şey birden oldu.

James doğruca Peter'a gitti ve zırhını *çözecek* (dolar sözcüğü) biçimde ona sımsıkı sarıldı. Herkes durdu ve onları izledi. Kazadan beri ilk kez Peter'a gerçekten bakıyorduk. Hepimiz onu görmezden gelmeyi tercih etmiştik. Ama artık onu görüyorduk.

James sonunda onu bıraktı ve geri adım attı. Peter'ın gözlerine baktı.

"Peter, senin hatan değil. Senin hatan değil." James'in sesi yükseldi. Artık bağırıyordu. "Peter! Senin hatan değil! Kaza! Kaza!"

Sınıfta âdeta ölüm sessizliği vardı. Herkes soluğunu tutmuştu. Peter ağlamaya başladı. Önceleri sakindi, sonra kendini kaybetti. Bedeni her hıçkırışında sarsılıyordu.

Daha fazla sessiz kalamazdım. Öne doğru adım attım.

"James haklı Peter." dedim. "Her şey senin hatan değil."

Herkese Bay Terupt'ın geçmişteki beyin sarsıntılarını, kanamayı ve beyin ameliyatını anlattım.

"Üstelik Peter kar topunu benim yüzümden attı."

Artık ben de ağlamaya başlamıştım. Sorumlulukları kabul etmek sanırım bunlara neden olabiliyor. Peter'a sarıldım. Hem de hemen. Ona doğru yürüdüm ve Elmer spor ayakkabılarımın düşmanına sarıldım.

Ve sonra ağlamakta olan diğer sınıf arkadaşlarımiz da bize sarıldı.

Teşekkür ederim James.

Alexia

Öğretmen bize onlarla birlikte çalışacağımızı ilk kez söylediğinde, Peter'ın onlara beyin özürlü falan demiş olması ne kadar tuhaf! Ve şimdi de o "beyin özürlülerden" biri Peter'ı kurtarmak için yardım etti. Bazı insanlar bu kadar iyilikle dolu oldukları için çok şanslıyız.

Jessica, Anna ve Danielle gibi. Onlara kötü davranmıştım; ama şimdi yeniden arkadaşım oldular. Ben şanslıyım. Onlar olmadan çok yalnızdım.

Peter'ın da yalnız olduğundan eminim. Ama James söyleyene dek hiçbirimiz onunla ilgili bir şey falan yapmadık. Sonrasında Peter için üzüldüm. Ben de ona sarıldım. Bu kadar yalnız kalmayı hak etmiyordu.

İyi olmak güzel bir duygu. Eski Lexie olmaktansa böyle olmayı daha çok sevdim. Umarım öğretmen bana ne kadar yardım ettiğini görebilir.

Jeffrey

Her şeyin bir nedeni vardır. Jessica böyle söylemişti. Peter'dan nefret etmiyordum. Dışarıdan gülmesem de içimde beni kahkahalara boğmayı başarmıştır. O, sadece eğlenmeyi seviyordu ve o gün karda iyi bir eğlence onun adına gerçekten de kötüye gitmişti. Hepsi buydu. Her şey onun hatası değildi. Bunu bize James söylemişti. James'in daha fazla cesareti ve biz "zeki" çocuklardan çok daha iyi bir kalbi vardı.

James'in sözlerinin tek başına yeterli olup olmayacağından emin değilim. Ama sonra Harika Adam Luke kurtarıcımız olarak yetişti. Sadece Peter'ın değil, hepimizin kurtarıcısı oldu. Konuşmaya ihtiyacımız vardı. James ve Luke sayesinde sonunda konuşmaya başlayabildik.

Her şeyin bir nedeni vardır. Tüm nedenleri bulamıyorum. Bizi bu ana getiren şey, Özel Sınıf için yaptıklarımız mı? Her şey bu yüzden mi oldu? Peki, neden Peter? Peki, neden öğretmenimiz komada? Hayatın bazen adil olmadığını mı öğrenecektim? Çünkü bunu çok uzun zaman önce Michael'la öğrenmiştim.

anna

İşler bir şekilde yoluna giriyor. James için iyi haberler vardı, Lexie yeniden iyi biri olmuştu ve Peter yeniden sınıfımızın bir parçasıydı. Ama Bay Terupt beyin ameliyatı olacakken olumlu düşünmek gerçekten de güçtü. Bunu çok uzun süre düşündüğümde korkuyorum ve her an bunu düşünüyorum. Bunu ve annemi...

Danielle'in kelimeleri beni mahvetti. Yine de ona kızmadım. Bir bakıma, onun için üzüldüm. Arkadaşım olmak istediğini biliyorum, oysa ailesi bunun olmasını istemiyor. Bu zor olsa gerek. Bu kez, o gün eve gider gitmez annemle bu konuyu konuştum.

"Anne, Danielle ailesinin seni onaylamadığını söyledi. Ve asla Charlie'yle sizin evlenmenize izin vermeyeceklermiş."

"Hey! Dur biraz Anna." dedi annem. "Her şeyden önce, Charlie ve ben evlenmeyi düşünmüyoruz. İkincisi, ailesinin beni onaylamadığını biliyorum." Ağzım açık kaldı. "Otur lütfen tatlım."

Annemin karşısındaki mutfak iskemlesine oturdum. Ben içeri daldığımda mektuplarına bakıp kahvesini (krema ve şekerli) içiyordu.

Annem açıklamaya başladı. "Charlie'yle birlikte aynı okula gittik. Sana hamile kaldığımda, herkes gibi o da bana iyi davranmadı. Aslında bir gün beni o kadar üzdü ki ben de onun kamyonetini tekmeledim. Kapısındaki o göçüğü yapan benim." Annemin anlatırken o acı dolu anıları yeniden yaşadığını görebiliyordum. "Aslında, geçmişteki davranışları için benden özür diledi."

"Peki ama ailesi seni onaylamazken Charlie neden senden özür diliyor?" diye sordum.

"Çünkü Danielle'in ailesi oldukça eski kafalı ve dindar. Aynı yıllar önce beni ve durumumu kabul etmenin bir yolunu bulamayan ailem gibi. Hâlâ da bulabilmiş değiller."

Bir an için annemin annesini ve babasını merak ettim. Onlarla hiç tanışmamıştım. Bu kadar mı katılardı? Peki ya Danielle'inkiler?

"Sanırım biz gençken Charlie de herkese uydu. Ama artık kendi başına düşünebiliyor. Kendi kararlarını vermek her zaman iyidir."

Demek ki Bay Terupt'a teşekkür etmeliydim. Eğer bu kaza olmasaydı Danielle aynı söylediği gibi, bize asla gelemeyebilirdi. Teşekkürler Bay Terupt, ama Danielle'le arkadaş olabilmemiz için yaralanmanıza gerek yoktu. Lütfen beni yanlış anlamayın, size minnettarım. Ama artık geri gelirseniz çok sevinirim. Daha iyi olacaksınız. *Olumlu ol.* Bana böyle öğrettiniz.

"Belki Danielle ve Charlie, ailelerinin bizimle ilgili fikirlerini değiştirebilirler." dedim. "Ben olumlu olacağım. Bay Terupt böyle olmasını isterdi."

Danielle

İnsanların sana karşı birleşmesinin ne demek olduğunu iyi biliyorum. İri olduğum için bunu çabuk öğrendim. Bu berbat bir şey. Asla bunu bir başkasına yapabileceğimi düşünemezdim. Yaptığımın farkında bile değildim.

Peter, koca dünyada kimsenin onu sevmediğini düşünmüş olmalı. Bunu şimdi görebiliyorum ama öncesinde anlamamıştım. James ve Luke, gözlerimi açana dek fark etmedim.

Bencillik gözlerimi kör etmişti. Sadece kendimi ne kadar kötü hissettiğimi düşünüyordum. Farklı bir şey yapabileceğimi söylemiyorum. Yine de durum değiştiği için mutluyum. Hepimiz için...

Luke bize Bay Terupt'ın beyin ameliyatı geçireceğini söyledi. Bize bunu söylediğinde tüm kızlar ağlamaya başladı. Ve erkekler eskiden olduğu gibi bununla dalga geçmedi. Luke anlatmaya devam etti. Bize Bay Terupt'ın güreş geçmişinden, beyin sarsıntılarından ve olanların Peter'ın hatası olmayışından söz etti. Bu bir kazaydı; hepimizin kendini suçladığı, gerçek bir kazaydı. Luke, Peter'ın kar topunu onun yüzünden attığını da söyledi. Ama o gün Peter'ı delirten tek kişi o değildi. Biz de itiraf etmeye başladık. Tanrı'ya hepimizi affetmesi için dua ettim. James'in partisinde herkese sarıldım. Hepimiz için, en çok da Peter için üzgündüm. Her ne kadar hepimiz yaşananların onun hatası olmadığını söylesek de sanırım hâlâ kendini suçluyordu.

Anna için de üzüldüm. Ona söylediklerimden sonra bana kızmamasını umuyordum. Hâlâ onunla arkadaş olmak istiyordum. Aynı zamanda Charlie'nin annesi hakkındaki düşüncelerini de merak ediyordum, bu yüzden gidip ona sordum.

Charlie'yi bir sabah okula gitmeden önce ahırda buldum. İneklerden birinin yanına oturmuş, onu sağmaya çalışıyordu. "Günaydın güneş ışığı!" dedi. "Seni buraya ne getirdi?"

"Neden Terri Adams'ı görmeye gittiğini öğrenmek istedim."

"Güzel bir kadınla bir fincan kahve içebilmek için." diye karşılık verdi. "Ve okuldayken ona davranış şeklim yüzünden özür dilemek amacıyla."

Charlie, makineyi hayvanın memelerine doğru kaydırdı ve sütü sağmaya başladı. "Aferin kızım." dedi ve ineği okşadı. Sonra diğerine geçti, çömeldi ve aynı işleme devam etti.

"Anna ve annesinin üzerimde kötü etki yaratabileceğini düşünüyor musun?" diye sordum.

"Hayır. Ama bence büyük annemin ya da annemin bu konudaki düşüncesini değiştirmeye çalışmamalısın."

"Terri'yi yeniden görecek misin?"

"Görmek isterim." Ayağa kalktı ve diğer ineğin yanına geçti. Charlie'nin dört makinesi vardı, yani aynı anda dört ineği birden sağabiliyordu. Süt sağma işini her sabah ve akşam yapıyor.

"O hâlde onların düşüncelerini *sen* değiştirmeye çalışacaksın, öyle mi?"

"Hayır. Aile savaşı başlatmak için bir neden göremiyorum, sen de yapmamalısın." dedi.

"Bunu söylemek senin için kolay. Çünkü istediğin her an oraya gidebilirsin. Er ya da geç öğretmenim hastaneden çıkacak. Ya okula geri dönecek ya da toprağın altına gidecek. Ve benim de Anna'nın evine gidebilmek için bir nedenim kalmayacak. Onunla ve annesiyle arkadaş olmak istiyorum. Onlardan hoşlandım."

Charlie elindeki işi bıraktı ve bana baktı. "Bence bunu zamanı geldiğinde düşünelim." dedi. "Ve öğretmenin için dua etmeye devam edelim."

"Sence ameliyattan kurtulabilecek mi?"

"Bilmiyorum." diye karşılık verdi Charlie. "Keşke sana söyleyebilseydim, ama ben sadece hayvanları biliyorum." Bana doğru yürüdü ve kollarını omzuma dolayıp hafifçe sıktı. "Otobüsünü yakalama zamanın geldi. Hadi git. Okulda güzel bir gün geçir güneş ışığı." Az da olsa gülümsememi sağlamıştı. Umarım ahırın kokusu üzerime sinmemişti.

Jeffrey

Sessizliğin ne demek olduğunu en iyi ben bilirim. Sınıfımız-daki sessizlik o kadar da kötü değildi. Her zaman dönüp fısıldayabileceğin birileri vardı. Mutsuzluk ve suçluluk hâlâ kol geziyordu ama o kadar da belirgin değildi.

Peter'ın sessizliği bile son bulmuştu. O şanslıydı.

Evdeki sessizliğim ise devam ediyordu, konuşabileceğim kimse yoktu ve görünürde beni kurtaracak birileri de. İşte bu sessizlik belirgindi. Evimde bana eşlik eden tek şey, daha fazla mutsuzluk ve suçluluktu.

Ama bu yıl bir yerlerde Bay Terupt, bana olaylara farklı ba-kabilmeyi öğretmişti. Olayları farklı düşünebilmeyi... Kendim-den başkalarını da düşünebilmeyi... Bu her zaman *benim* ses-sizliğim ve benim hatamdı. Ama şimdi annemin sessizliğini de düşünmeye başlamıştım.

Ve babamınkini. Annemin hatasını. Ve babamın hatasını. Onlar da acı çekiyorlardı. Neden benimle konuşmaları için on-ları bekliyordum ki? Daha fazla beklemedim de.

210

James'in partisinden birkaç gün sonra annemin pijamalarıyla uzandığı yatağına süzüldüm. Yanına tırmandım ve kolumu ona doladım. Sonra ona, "Bu senin hatan değil. Seni seviyorum." dedim. Annem hiçbir şey söylemedi, ama ben orada durdum ve sonunda ona sarılmış bir hâlde uyuyakaldım.

Uyandığımda, kendimi iyi hissediyordum. Sözlerimin ona yardımcı olmasını umuyordum. Yatağından çıkarken Bay Terupt'ı düşündüm. Onlara yaklaşmama yardım etmişti. Onu özledim. Hissettiklerimi ona da anlatabilmeyi isterdim. Geri gelmesini o kadar çok istiyordum ki...

Babamı oturma odasında buldum. Burası daha çok, evimizin "başını dinleme odası" olmuştu. Beni annemle birlikte görüp görmediğini merak ettim. Çok geçmeden anneme söylediklerimin aynısını ona söylemenin çok daha zor olduğunu anlamıştım. Birbirimizle asla böyle konuşmamıştık, Michael ölmeden önce bile.

"Merhaba baba." Oturduğu sandalyenin yanındaki koltuğa oturdum.

"Seni annenin yanında gördüm." dedi. "Sana ihtiyacı var Jeffrey. Ona yardım edebilecek tek kişi belki de sensin."

"Baba, bu senin hatan değildi." diye patladım. Hiçbir şey söylemedi. Sözlerimin onu şaşırttığını biliyordum. Onu sarstığını da. Ayağa kalktım, yanına gittim ve ona sarıldım. "Seni seviyorum." dedim. Birkaç saniye sonra onu bırakıp odadan çıkmak için kapıya yöneldim.

Babam arkamdan, "Senin de hatan değil." dedi. Bunu söylerken sesinin titrediğini duydum. O güzel duyguyu yeniden hissettim ve Bay Terupt'ı düşündüm. Babamın, annemin bana ihtiyacı olduğuyla ilgili söylediklerini düşündüm. Ne yapmam gerektiğini bilmiyordum. Bu yüzden her gün okuldan sonra eve gidip yanına yatmaya başladım. Yapabileceğim en doğru şeyin bu olduğunu hissediyordum.

Denedim. Bay Terupt bana bunu da öğretmişti.

mayıs

Jessica

11. Perde, 1. Sahne

Hastanenin, her yerde endişeli yüzlerin olduğu bekleme odasına hoş geldiniz. Tüm bu endişeli insanların akıllarında ne olduğunu kim bilebilir? Kendilerini farklı şekillerde meşgul ediyorlar. Bazıları kitap okuyor, bazıları televizyon seyrediyor ya da örgü örüyor.

Ve biz giriş yapıyoruz. 202 numaralı sınıfın çocukları.

Sessiz bir şekilde oturup çevremize bakındık. Endişeli bir hâlde Bay Terupt'ın ameliyat sonucunu bekliyorduk. Konuşmamızın bir sakıncası var mıydı diye merak ettim. Okuldan birçok insan, Bay Terupt'ın iyileşeceğini umarak bizimle birlikte oturmuş bekliyordu. Bayan Williams ve kızıl saçlı sekreteri Bayan Barton buradaydı. Bay Lumas ve Bay Ruddy de. Okuldaki herkes Bay Terupt'ı seviyordu. Bu da onun ardında bıraktığı mirasından biriydi. Aslında bugün okul vardı ama Bayan Williams bize orada olabilmemiz için gerekli ayarlamaları yapmak konusunda yardım etmişti.

Bir hafta önce bize, "Bunu okulun sponsor olduğu bir gezi gibi uygulayamam." demişti. O sırada artık Bay Terupt'ın ameliyat gününü biliyorduk ve Bayan Williams sınıfın tamamının orada olmayı planladığını anlamıştı. "Hepinizin birden otobüse binip hastaneye götürülmenizi sağlayamam." dedi.

Anna, "Bizi oraya ailelerimiz götürebilir." diye öneride bulundu. "Ve diğer ulaşımlar için birbirimize yardımcı olabiliriz."

Bayan Williams, "Bu fikir hoşuma gitti." dedi. "Böylelikle istediğiniz zaman ayrılabilir ya da istemezseniz hepiniz birden gitmeyebilirsiniz."

Jeffrey'i düşündüm.

Bayan Newberry, Bayan Kelsey ve Bayan Warner da gelmişti. Okul öğretmenler için de yedeklerini sağlamıştı. Ama bunu her sınıfa uygulayamazlardı. Eğer okul olmasaydı eminim bütün öğretmenler burada olurdu.

İşte tam bu sırada Bay Terupt'ın ailesinden kimsenin orada olmadığını fark ettim. Kimse yoktu. Sınıfımızdaki masasını düşündüm. Her öğretmenin masasında ailesine ait fotoğrafları olurdu. Oysa Bay Terupt'ınkinde yoktu. Hastanedeki odasına sadece iki çiçek gönderilmişti. Biri Bayan Newberry'den, diğeri ise Snow Hill Okulundandı. Ama yatağının kenarına oturmuş bir anne ya da babası yoktu. Bunu nasıl gözden kaçırmıştım? Bir tek aile fotoğrafı bile yoktu. Onu ziyaret eden ya da burada benimle bekleyen bir aile üyesi yoktu. Bir ailesi olup olmadığını merak ettim. Peki, annem bunu fark etmiş ama bir şey söylememiş miydi? Peki, sınıf arkadaşlarımdan benim gibi düşünen var mıydı? Birden sevgili öğretmenimle ilgili bilmediğim çok şey olduğunu fark ettim.

Bayan Newberry'nin, "Keşke bana daha çok açılıp bir şans verseydi." dediğini duydum. Sessizce Bayan Williams'la konuşuyordu. "Yakınlaşmama izin vermeye başlamıştı. Neden bu kadar korktuğunu bilmiyorum."

"Ya da ne gizlediğini." diye ekledi Bayan Williams.

"Ben sadece o şansı istiyorum." dedi Bayan Newberry. "Onu çok önemsiyorum ve bu çocuklar da öyle. Umarım iyileşir."

Bayan Newberry'nin sesi çatallaşmıştı. Bayan Williams kolunu ona doladı. Birden zihnimde yanıtsız birçok soru belirdi. Ama Bay Terupt ameliyattan kurtulamadığı takdirde hiçbirinin önemi kalmayacaktı.

Anna, "Operasyonu ne kadar sürecek?" diye sordu.

Şaşkın bakışlarımızla karşılaşana dek ne yaptığını fark etmemişti. Teşekkürler Anna, dedim içimden. Sessizliğimizi bozmak için muhteşem bir aday.

Luke, "Sekiz saat." diye yanıtladı. "İyi giderse daha az, komplikasyonlar çıkarsa daha çok."

Tekrar sessizliğe gömüldük.

LUKE

D aha önce hastaneye çok gelmiş, ama hiç bekleme odası-
na girmemiştim. Ta ki sınıfımla birlikte Beyin Ameliyatı
Günü orada oturana dek. Hem de saatlerce.

İçerisinin sevimli bir düzeni vardı. Oda dikdörtgendi, du-
varın kimi yerlerinde dışa doğru çıkıntılar vardı. Sonradan
yaratılmış bu küçük alanlar odayı büyütmüştü. Bunun önemli
olduğunu fark ettim; çünkü insanların yalnızlığa ihtiyacı vardı.
Kendilerine ait bir köşeye. En azından beklerken ben bunu his-
settim.

Danielle

Bekleme odasında birlikte oturduk. Ben annemin yanında oturdum. Terri ve Anna'yla birlikte olduğu takdirde büyük annemin ne yapacağını bilemediğimiz için onu evde bırakmıştık. Anna, annesinin yanında, hemen karşımızda oturuyordu. Herkesin ortasında büyük ahşap bir kahve masası vardı. Bu, bana sınıf toplantılarımızı hatırlatmıştı. Yerde daire oluşturmamıştık ve bir mikrofonumuz da yoktu; ama yine de buna benziyordu. Tek farkı, kimse konuşmuyordu. Her zaman toplantılarımızı Bay Terupt başlatırdı; bu yüzden sessiz bir şekilde oturmaya devam ettik. Ta ki Anna konuşana dek. Tanrıya şükürler olsun.

Ama Luke sorusunu yanıtladıktan sonra yine kimse konuşmadı. En azından Jeffrey bizi şaşırtana dek. Sınıftaki mikrofonumuzu o büyük ahşap masanın üstüne koydu. Boş gözlerle mikrofona baktım. Sonra da Jeffrey'e. Onu getirmeyi nasıl akıl etmişti?

"Sadece bir içgüdü." diye yanıtladı. Jessica'yla birbirlerine baktıklarını fark ettim.

Uzandım ve mikrofonu aldım. "Bay Terupt'ın bunu ilk getirdiği günü hatırlıyor musunuz?" diye sordum. Mikrofonu Lexie'ye uzattım.

"Ben öğretmenin tuhaf falan olduğunu düşünmüştüm." dedi. "Ama çok harika biri çıktı. Örneğin, şu çim olayı gibi."

"Yetmiş yedi milyon beş yüz otuz yedi bin dört yüz on iki." diye hatırlattı Luke. "O çim projesi muhteşemdi."

Mikrofon, oluşturduğumuz karenin çevresinde döndü. Farklı hikâyeler ve anıları paylaştık. Bu mükemmeldi.

Ve bekleme odasına bir doktor geldi.

Jessica

11. Perde, 2. Sahne

İçeri, üzerinde limon küfü yeşilinde doktor önlüğü ve başında ameliyat kepiyle bir doktor girdi. Şu başımıza geçirdiğimiz duş boneleri gibi bir şey. Kapıdan girdiği an onu gördüm. Acaba bizim için mi geliyordu? Çok erkendi! Yoksa değil miydi? Bay Terupt'ın ameliyatında bir şeyler ters mi gitmişti? Kaskatı kesildim. Ve Jeffrey'i fark ettim. Hızlı hızlı soluk alıp veriyordu. Bu yer ve doktoru görmek, onda birçok kötü anıyı tetiklemiş olmalıydı. Kolumu ona doladım ve kulağına, "Her şey yolunda. Sadece soluk al." diye fısıldadım. Annem de onu rahatlamama yardımcı oldu. Jeffrey'in diğer yanına oturdu ve o da ona sarıldı. Annem onun hikâyesini biliyordu, ona anlatmıştım. Ama diğerleri ona gözlerini dikip neden bu hâle geldiğini merak ettiler.

Doktor bizim için gelmemişti ve Jeffrey sakinleşti. Aksine, doktor örgü örmekte olan kadına doğru ilerledi. Kadına yaklaşırken derin bir soluk aldığını gördüm. Bunun, kötü bir haber vermeden önce alınan şu büyük ve derin soluklardan biri olup olmadığını merak ettim. Örgü ören kadının yanına bir sandalye çekti ve oturdu.

Kadın, onun geldiğini fark edince örgü örmeyi bıraktı; elleri kucağındaydı. Gözlerini doktorun gözlerine dikmişti.

Doktorun dudakları asla hareket etmedi; ama kafasını bir yandan diğer yana salladı. Yüzünde üzgün bir ifade vardı.

Örgü ören kadının suratı düştü. Yün ve şişleri yere savurarak elleriyle yüzünü kapadı. Yapayalnız gözyaşları içinde sessizce titremeye başladı.

Doktor elini sırtına koydu. "Çok üzgünüm." dedi. Biraz bekledi ve sonra ayağa kalkıp odadan çıktı.

Yaşların sessizce yanağımdan süzüldüğünü hissettim. Arkadaşlarıma baktım ve bazılarının da ağladığını gördüm. Korkmuştum, ama yalnız değildim.

Jeffrey

Soluk almak çok zor. Birçok kötü anı var. Ve her yerde kötü haberler. Doktorun içeri girdiğini gördüm. Soluk alamadım. Jessica fark etti. O ve annesi kollarını bana doladılar ve sakinleşmeme yardım ettiler.

Doktor bizim için gelmemişti. Kötü haberleri bir başkasına verdi. Bunun nasıl olduğunu iyi biliyordum.

Doktor aileme, "Çok üzgünüm." demişti. Tek söylediği bu oldu. Michael'ın öldüğünü biliyorduk.

Danielle

P eter mikrofonu aldı. Hâlâ çok fazla konuşmuyordu. Ona bir şey sorduğunuzda yanıt veriyordu ve biz de artık onu görmezden gelmiyorduk. Ama çoğu zaman sessizliğini koruyordu. Ve asla Bay Terupt ya da kazayla ilgili bir şeyden söz etmiyordu. Çoğumuz gibi ben de soluğumu tuttum.

"Özel Sınıf'ı tatil merkezlerimize davet etmeyi önerdiğim zamanı hatırlıyorum. Ben bunu söyledikten sonra Bay Terupt'ın gözlerini sildiğini görmüştüm. O zaman nedenini anlamamıştım. Artık anlıyorum."

Peter mikrofonu tekrar masanın üzerine bıraktı.

Alexia

eter'ı dinledikten sonra mikrofonu yeniden aldım. Ne demek istediğini anlıyordum. Yani öğretmenle ilgili daha önce anlamadığım şeyleri fark etmek falan gibi. Bu benim için de geçerliydi.

"Öğretmen beni koridora çıkardı ve ondan nefret etmeme neden olacak bazı şeyler falan söyledi. Ondan gerçekten nefret ettim. Oysa tek yaptığı, gerçeği söylemekti. Onu dinlemek istemedim. Ondan ve gerçeklerden nefret ettim."

Konuşmayı bıraktım, ama henüz mikrofonu başkasına vermemiştim. Düşünüyordum.

"Umarım öğretmen uyanır ve onu dinlediğimi görebilir." diye ekledim. "O bana yardım etti. Bunu bilmesini isterim."

Mikrofonu yeniden masaya bıraktım. Bu kez Peter eline aldı onu.

Peter

M ikrofonu alıp bir şey söylemeye karar verdim. Belki de Bay Terupt'tan söz etmek ve anıları paylaşmak, onu ameliyattan çıkarmaya yardımcı olurdu.

Ameliyat. Beyin ameliyatı. Beyin ameliyatı olduğuna inanamıyordum. Ve hepsi benim yüzümdendi. Fırlattığım kar topu yüzünden. Düşüncelerim dönüp dolaşıp sonunda buraya varıyor.

"O frizbiyi fırlattığım zamanı hatırlıyorum. Bay Terupt bana birkaç şey söyledi, ama hepsi bu kadardı. Yerdeki su birikintisini hatırlıyorum. Bir şeyler söyledi ve hepsi buydu. Kötü bir şey olmayacağını düşünmüştüm. O kar topunu attım. Siz ne söylerseniz söyleyin, bu benim hatam. Her zaman da öyle olacak."

Gözyaşlarıyla savaşabilmek için sustum, ama mikrofonu bırakmadım. Henüz söyleyeceklerim bitmemişti.

Herkese baktım ve, "Özür dilerim." dedim. "Benim yüzümden burada olduğunuz için üzgünüm." Mikrofonu masaya bıraktım.

Kimsenin bir şeyler söyleyebilecek zamanı olmadı; çünkü bu kez içeri başka bir doktor girmişti. Bu bizim doktorumuzdu...

Jessica

11. Perde, 3. Sahne

Bekleme odasının kapısı açıldı ve içeri başka bir doktor girdi. Üzerinde aynı yeşil önlük ve ona uyan bir bere vardı. Bu doktor aynı zamanda yüzünü kapatan bir de ameliyat maskesi takıyordu.

Jeffrey yeniden hızla soluk almaya başladı. Annemle onu sakinleştirdik. Jeffrey'in kucağında el ele tutuştuk. Ben annemin elini sıktım, o da benimkini. Zamanı gelmiş miydi?

Doktor ensesine uzanıp maskesinin düğümünü çözdü. Bu bizim doktorumuzdu. Bize doğru yürürken *o* derin soluğu aldığını gördüm.

LUKE

Doktor Wilkins'in bize doğru geldiğini gördüm. Kalbim gümbür gümbür atıyordu. Lütfen, lütfen, lütfen haberler iyi olsun! Bu cümleyi zihnimde sürekli tekrarladım. Annem omzumu sıktı.

Doktor Wilkins bir sandalye buldu ve yanımıza oturdu. "Haberler iyi çocuklar." dedi. "Bay Terupt ameliyatı atlatabildi."

Yüzlerimizde küçük gülümsemeler belirdi ve rahatlayarak derin bir soluk aldık. Annem hafifçe bana sarıldı.

Doktor Wilkins, "Kanamayı durdurabildik; ama öğretmeniniz hâlâ komada." diye devam etti.

"Neden?" diye sordu Anna. "Kanamayı durdurduğunuz takdirde uyanacağını sanıyordum." Ses tonu yükselip alçalıyordu. "Olması gerekenin bu olduğunu sanıyordum."

Anna hepimizin adına konuşmuştu. Ama Doktor Wilkins yerine Jeffrey yanıt verdi.

"Şimdi sabretme zamanı." dedi. "Kanamanın durması iyiye işaret." Derin bir soluk. "Ama bu Bay Terupt'ın uyanacağını garanti etmez. Bekleyip göreceğiz." Daha fazla derin ve yavaş soluklar. Neden bu kadar endişeliydi? Bu onun hastaneyi ilk ziyaret edişiydi. Daha önce yaşadığı zorlukları hatırlayınca ona hak verdim.

Doktor Wilkins, "Bu doğru. Bekleyip göreceğiz ve umut etmeye devam edeceğiz." diye onayladı.

"Onu görebilir miyiz?" diye sordu Peter.

"Bugün olmaz Peter. Bay Terupt yoğun bakım odasına alındı ve dikkatle gözlemleniyor."

Anna bu kez de, "Neden dikkatle gözlemlenmesi gerekiyor?" diye sordu. Sesi neredeyse bir fısıltıdan farksızdı. "Artık iyi olduğunu sanıyordum."

Doktor Wilkins, "Büyük bir ameliyattan sonra tüm hastalarımızı yakından gözlemleriz." diye açıkladı. "Bay Terupt şu an çok iyi."

Orada oturup sanki biraz önce en büyük maçlarını kaybetmiş bir takım gibi ona baktık.

Doktor Wilkins, "Hey çocuklar, hemen pes etmeyin." dedi. "Öğretmeninizin size en çok şimdi ihtiyacı var. Bugün olanlar iyi haberler."

Ve birden Anna grubun ortasına geldi. Liderliği ele aldı ve hepimizin duymaya ihtiyacı olan şeyi söyledi. "O, kurtulacak. *Bana bu konuda güvenin. Olumlu olun.* Bay Terupt bunu bana bir kez söylemişti ve haklıydı."

Jeffrey

Michael için de aynısını söylemişlerdi. Ama o kurtulamadı. İşte tam da o zaman annemle babamın hayatları birden farklı yönlere doğru kaymıştı. Yolları bir daha birleşecek mi, bilmiyorum; ama umut etmenin bir sakıncası yok. Umarım Bay Terupt kurtulur. Anna'ya inanmakta zorlanıyorum.

Jessica

11. Perde, 4. Sahne

Hepsi bu kadardı. Bekleyip göreceğiz. Bunu çok sinir bozucu bulmuştum. Tüm gün boyunca oturup bir sonuç alabilmeyi beklemiştik ve sonunda elimize geçen tek şey, eve gidip beklemeye devam etmek olmuştu.

İnsanlar bekleme odasından farklı zamanlarda ayrıldılar. Büyük olasılıkla sabırlı olmaya daha alışık oldukları için, önce yetişkinlerden bazıları gitti. Bayan Kelsey ve Bayan Warner'dan sonra birkaç sınıf arkadaşım da ayrıldı. Annemle gitmek için ayaklandığımızda, sadece birkaç kişi daha oturuyordu. Anna ve Terri, Danielle ve annesi. Lexie ve Jeffrey bizimle geldiler. Onları evlerine biz bırakacaktık.

Bekleyip göreceğiz.

anna

Bekleme odası yavaşça boşaldı. Birden annemle Danielle ve annesinin tam karşısında oturduğumuzu ve neredeyse kimsenin kalmadığını fark ettim. Annesinin bizden nefret ettiğini bildiğim için kendimi huzursuz hissettim. Yine de şansımı denedim.

"Danielle, birlikte dua edebilir miyiz?" diye sordum.

Danielle bir an için bile tereddüt etmedi. "Tabii ki." diye karşılık verdi.

Ellerimizi birleştirdik ve Danielle, Bay Terupt için dua etmemize yardım etti. Bu çok güzel bir duaydı. Duadan sonra annesinin bana daha farklı baktığını düşündüm.

Sonra annemle oradan ayrıldık. Danielle'i, annesi, Luke ve annesi, Peter, Bayan Williams ve Bayan Newberry'yle bıraktık. Acaba her ikisinin de alyansı olmadığına göre Bay Terupt ve Bayan Newberry ne kadar yakındılar? Yanıtı bilmiyordum, ama birden odanın diğer ucundaki öğretmene karşı kalbimde bir acı duydum. Onu geri alabilmeyi umut ettiği çok belliydi. Bunu görebilmek için bir şeyleri fark etmek konusunda iyi olmanız gerekmiyordu. Çoğumuzun size ihtiyacı var Bay Terupt. Savaşmaya devam edin.

Danielle

Anna bana, "Birlikte dua edebilir miyiz?" diye sordu. Annemin bedenindeki gerginliği hissettim. Bu günahkârlar nasıl bizimle dua etmek isteyebilirlerdi ki? Annem böyle düşünmüş olmalıydı.

"Tabii ki." diye karşılık verdim.

"Sevgili Tanrım, burada, bekle ve gör oyununu oynuyoruz. Eğer bekleme bölümünü kısaltıp bize Bay Terupt'ı geri verebilirsen çok iyi olur. Onun uyanmasını umut eden birçok insan var. Lütfen bize, umut etmek ve beklemeye devam ederken inanabilmek için gerekli gücü ver. Ve Tanrım..." Bu bölümü fısıldayarak söylemiştim; çünkü Peter hemen yanımızda otuyordu. *"Senden Peter ve her ne kadar sorununun ne olduğunu bilmesem de Jeffrey için ayrıca yardım diliyorum. Âmin."*

Anna çok zeki. Ailelerimizin iyi anlaşmasını istiyor, bu yüzden birlikte dua etmeyi istedi. Tanrı'nın ailem için önemli olduğunu biliyor. Bizimle birlikte dua ettiği takdirde annemin Terri'nin kötü biri olduğunu düşünemeyeceğini biliyorum. Ve Anna da son derece içten ve tatlı. En azından bunun doğru olmasını umuyorum. Tanrı'dan aileme Terri ve Anna'nın ne kadar iyi insanlar olduklarını gösterebilmek için yardım diliyorum.

Jessica

11. Perde, 5. Sahne

Önce Lexie'yi sonra Jeffrey'i bıraktık. Ben ön koltuğa, Jeffrey de arkaya oturdu. Arabadan inmeden önce ona, "İyi misin Jeffrey?" diye sordum.

"Evet, iyiyim." dedi. "Orada bana yardım ettiğin için teşekkür ederim. Teşekkürler Bayan Writeman."

"Biz teşekkür ederiz." diye karşılık verdik.

"Eminim herkes bana ne olduğunu merak ediyordur." dedi.

"Endişelenme. Sırrın bende güvende." dedim.

Jeffrey arka kapıyı açtı, ama hemen arabadan inmedi. "Sana söylemek istediğim bir şey var Jess. Bay Terupt'ın başına gelenler senin hatan değildi. Öyle olduğunu düşünmeye bir son vermelisin."

Jeffrey'in sözleri beni şaşırtmıştı. Suçluluk hissediyordum. Danielle ve Anna'yı aşağılık planıma bulaştırmıştım ve bu da Peter'ın facia kar topu atışına yol açmıştı. "Peki, o hâlde neden oldu Jeffrey?" diye sordum. "Sana her şeyin bir nedeni olduğu-nu söylemiştim. Ama hâlâ benim *nedenimi* bilmiyorum."

"Ben de bilmiyorum." diye karşılık verdi. "Ama nedeni bil-memek bunu senin hatan yapmaz."

Sessizce oturduk. Annem bir şey söylemedi. Ben ellerime baktım. Tutunabilmek için bir kitap aranıyorlardı. Onun yerine tırnaklarımla ve tırnak etlerimle oyalandım. Ve Jeffrey yeniden konuştu.

"Bir şeyi biliyorum Jess." Bana ikinci kez Jess demişti. "Sen, bana yardım ettin. Uzun zamandır konuşacak kimsem olmamış-tı. Teşekkür ederim." Arabadan indi ve kapıyı kapadı. Gitme-den önce Jeffrey'in annesinin evlerinin kapısında durmuş, onu beklediğini gördüm. Ve üzerinde pijamaları yoktu. Birbirlerine sarıldılar.

Yola çıktığımızda annemle benim gözlerimizde yaşlar var-dı. Biraz daha Bay Terupt etkisi, diye düşündüm. Daha çok yol almamışken annem sessizliği bozdu.

"Jessica, sana bazen yetişkinlerin bile anlamakta zorlandığı bazı şeyler anlatmalıyım. Ama anlamaya çalışmanı istiyorum, tamam mı?"

Başımla onayladım, koltuğumda dikleştim ve emniyet ke-merimi yeniden ayarladım.

"Birçok sınıf arkadaşın gibi senin de Bay Terupt'ın kazası-nın kimin hatası olduğu konusuyla savaş verdiğini biliyorum. Zavallı Peter gerçekten de çabalıyor ve korkarım ona yardım edebilecek tek kişi Bay Terupt." Annem dur işaretine doğru ya-vaşladı ve her iki yöne baktı.

Sesim yükselerek, "Peki bu kimin hatası?" diye sordum. Duygular böyle şeyler yapabiliyordu. Annem ışıkla birlikte ha-reket etti. Sola döndü ve gaz pedalına bastı.

"Bay Terupt'ın." dedi. Camımdan dışarı baktım. Bunu duymak istemiyordum. "Bak Jessica, benimle aynı fikirde olmak zorunda değilsin; herkes böyle düşünmeyebilir. Ama beni dinlemek zorundasın. İzin ver, açıklayayım." Yavaşça ve isteksizce ona baktım. Onun haklı olmasını istemiyordum. "Teşekkür ederim." dedi. "Sana kolay olmayacağını söylemiştim." Kırmızı ışıkta yavaşladık.

"Bu yılın başından beri Peter'la ilgili olan tüm olaylar, Luke'un bitki karışımı ve diğer tüm yaramazlıklar..." Durakladı. "Sanırım Bay Terupt tüm bu olaylara size biraz kişisel sorumluluk aşılamak istediği için, farklı şekilde yaklaştı." Trafik lambası yandı ve gaza bastı. "Ama bu, sonunda neye mal oldu. Sizin o gün kardaki oyunlarınıza izin verdi ve çizgiyi aşmamanızı umdu. Ama çizgiyi aşmamayı *sizin* sorumluluğunuz yapmıştı ve bu yüzden de size karışmadı."

"Ama bu, nasıl kötü bir şey olabilir ki? Bu kadar özel olmasının nedenlerinden biri de bize o şansları vermiş olması değil miydi?"

"Geçmiş zaman kullanma tatlım. O hâlâ özel biri."

"Tamam." dedim. Sinirlensem de aslında ondan şimdiki zamanda söz etmekten hoşlanıyordum. "Ama öyle değil mi?" diye tekrar sordum. Hâlâ sinirliydim, çünkü konuşmaya ara vermek istemiyordum. Yanıtlara ihtiyacım vardı. Birden sıcak basmıştı, camımı açtım. Rüzgâr yüzüme vurunca biraz ferahladım.

"Özel olmasının nedenlerinden biri gerçekten de bu. Ama ne olursa olsun, sizler hâlâ çocuksunuz. Sizden bu kadar çok sorumluluk almanızı beklemek haksızlık. Her seferinde bu kadarıyla başa çıkmanız beklenemez. İşte onun hatası da burada."

Annem çok sakin bir şekilde konuşuyordu. Daha fazla üzülmemi engellemeye çalıştığını biliyordum.

"Çocuk olmamıza karşın bizden yetişkinler gibi sorumluluk almamızı beklemek onun hatasıydı." diyerek annemin görüşünü tekrarladım. "Oysa o şekilde oynamamıza izin vermeyip sorumluluğu bizden almış olsaydı, büyük bir olasılıkla kimse kar topu fırlatmayacaktı." dedim. Anneme baktım.

"İşte bu, tam olarak doğru." diye onayladı.

"Sanırım, bunun babam ve onun aptal sürtüğünden pek bir farkı yok." Arabamız neredeyse yoldan çıkıyordu. Annem şok geçirmişti. Babamla ilgili bir süredir konuşmuyorduk, ama o ve onun aptal kız arkadaşı sinirlerimi bozuyordu. "Yani eğer Bay Terupt iyileşirse başı derde girecek. Bu doğru değil mi?"

"Bu gerekmeyebilir." diye karşılık verdi annem. "Ve kullandığın kelimelere dikkat et. Ayrıca her ne kadar babanın hayatındaki yeni kadının gerçek bir hoppa olduğu konusunda sana katılsam da aptal ve sürtük kelimeleri biraz uygunsuz." Yavaşladık; annem arabayı garaja doğru sürüp park etti ve motoru durdurdu. Kemerimi çözdüm. "Jessica, ben Bayan Williams'la, diğer ailelerle ve yetişkinlerle bu ve benzeri diğer olaylarla ilgili konuştum. Aramızda konuştuk; çünkü tüm bu olan bitenlerle nasıl başa çıktığınız konusunda endişelerimiz vardı. Kimse Bay Terupt'ın başının derde girmesini istemiyor. Bayan Williams ve okuldakiler de dâhil. Herkes onun harika bir öğretmen olduğunu biliyor. Biz sadece onun bir an önce iyileşmesini istiyoruz."

Annem öne doğru eğildi ve bana sarıldı. Ben de ona sarıldım.

"Biliyor musun, Terri bana dün Anna'nın ona, içinde bulunduğu durumun kendi hatası olup olmadığını sorduğunu söyledi."

"Anna'nın hatası mı?" diye sordum. "Tabii ki öyle değil."

"Kesinlikle." dedi annem. "Ve umarım sen de babanla aramızda olanların senin hatan olmadığını biliyorsundur."

Bunu duymaya ihtiyacım vardı. Ona bir kez daha sarıldım ama bu kez bir şey söylemedim. Çünkü konuşursam ağlayacaktım. Annem de sessizdi, sanırım aynı nedenle. Arabamızı sessiz bir sevgi doldurdu.

haziran

Jessica

Son Perde, 1. Sahne

Okulun son gününe hoş geldiniz. Burası müziğin, filmlerin, oyunların, şarkıların ve kahkahaların, gülümsemelerin her yeri doldurduğu; pasta ve kurabiyelerin yendiği ve eğlencenin bol olduğu bir yer. En azından okulun son gününün bu şekilde olması gerekiyor. Bizimki öyle değildi. Daha önce okulun son gününde hiç ağlamamıştım; ama ağlamak, yapabildiğim tek şeydi ve yalnız olmadığımı da biliyordum. Öğretmenimizin yıl sonunda bizimle olabilmesi için kocaman umutlarımız vardı; ama o yoktu.

Bay Terupt'ı hâlâ merak ediyordum. Bekleme odasındaki günden bu yana bu konuda çok düşünmüştüm. Herkes Bay Terupt'ı seviyordu; ama Bayan Newberry dışında kimse ona o kadar yakın değildi. O bile daha yakın olabilmeyi umuyordu. Bir parçam endişelendiklerinin sadece o olmadığını söylüyor. Bizim için de endişeleniyorlar. Çünkü ona *gerçekten* yakın olanlar bizleriz. Peki, ben bile onu gerçekten tanımazken onlar nasıl böyle düşünebilirler ki? Belki de bunun nedeni, onu ne kadar tanıdığımızın bir öneminin olmayışı. Onu seviyoruz.

Bununla ilgili kimseyle konuşmadım, annemle bile. Konuşmak istiyorum; ama bir anlamı yok. Çünkü Bay Terupt burada değil. Bay Terupt gelemedi.

Alexia

Geçen hafta öğretmeni görmeye gittim ve hemşireler bir şeyler yaptıklarını ve gitmem gerektiğini söylediler. Çok kızmıştım, ama bir şeyler olabileceğini gerçekten de düşünmedim.

Ama şimdi bir şeyler olup olmadığını merak etmeye başlıyorum. Bayan Williams ve Bayan Newberry gerçekten de çok tuhaf davranıyorlar. Bayan Williams çok neşeli falan, kendi kendine mırıldanıyor. Bugün kafasını birçok kez bizim sınıfımıza sokan Bayan Newberry'yle sessiz baş hareketleriyle anlaşıyorlar. Öğretmenin uyanıp uyanmadığını merak etmeye başladım. Belki de bize sürpriz yapabilmek için bunu sır olarak falan saklıyorlardır. Size söylüyorum, bir şeyler oluyor.

Danielle

Sevgili Tanrım,
Sana kızmak istemiyorum, ama kızgınım. Dualarımı
dinlemedin. Dinlemiş olsaydın Bay Terupt burada olurdu.
Ona ihtiyacımız var. Neden onu bize geri vermedin?

anna

Bayan Williams beni deli ediyor. Sınıfımızın tamamı berbat bir hâlde, onun dışında! Mutlu görünüyor, ortalıkta sallanarak dolaşıyor. Hatta bir ara şarkı mırıldandığını fark ettim; ama benim fark ettiğimi görünce sustu. Bu yıl bittiği için gerçekten de bu kadar mutlu mu? Ve birden jeton düştü: Yoksa bizim bilmediğimiz bir şey mi biliyor?

LUKE

B ay Terupt yok. Birden benim için her şey sert bir şekilde değişti. Kendimi onun kötü bir şekilde yaralandığına ve iyileşeceğine inandırmıştım. Oysa şimdi yıl bitti, onun iyileşmeyebileceği düşüncesi son derece gerçek görünüyor. Korkuyorum.

Jeffrey

B ayan Williams'ın neyi var bilmiyorum; ama ona bir tane
patlatmak istiyorum. Bu, yılımızın en kötü günü ve onun
Anna'ya göz kırptığını gördüm. Ona, "Senin derdin ne?" diye
bağırmak istiyorum. Müdire olması umurumda bile değil.
"Eğer farkında değilseniz, size Bay Terupt'ın öleceğini hatır-
latayım!" Aynı zamanda ona bunları da haykırmak istiyorum.
Ama tüm öfkemi içimde tutuyorum. Sakın bana göz kırpayım
demeyin hanımefendi.

Jessica

Son Perde, 2. Sahne

Gün boyunca gözyaşlarımla savaştım ve şimdi gözlerimden aşağıya süzülüyorlar. Buna inanamıyorum. Bay Terupt kurtuldu. O burada. O iyi.

Sandalyelerimizden fırladık. Hepimiz çığlıklar atıyorduk.

"Sizi özledim." dedi.

"Biz de sizi özledik." diye bağırdık.

"Sizi seviyorum çocuklar." dedi ve bizimle aynı boya gelebilmek için eğildi. Her birimize baktı ve tek tek sarıldı. Bana sarıldı.

"Sizi seviyorum Bay Terupt." dedim. Kelimeler sanki ağzımın içinde dans ediyordu.

"Ben de seni seviyorum Jessica."

Biraz daha sarıldık ve Bay Terupt, Peter'ı fark etti. Peter kucaklaşmaya katılmamıştı. Hâlâ sandalyesinde oturuyordu. Büyük olasılıkla hareket edemeyecek hâlde, Bay Terupt'ın ona

yapabilecekleri ya da söyleyebileceklerinden deliler gibi korku-
yordu.

Bay Terupt ayağa kalktı ve Peter'a doğru yürüdü. Onu iz-
ledik ve onunla geçirdiğimiz her gün olduğu gibi bize bir şey
daha öğretti. Bize affedebilmeyi öğretti.

LUKE

Bayan Williams yüksek sesle konuşmaya başladı. "Çocuklar, sizi öğretmeninizle baş başa bırakmadan önce bir duyurum olacak." Gülümsedi. "Okul yönetimi gelecek yılın deneysel bir yıl olmasına karar verdi. Sınıflardan birinde döngü yöntemini deneyeceğiz."

"O nedir?" diye sordu Anna.

Bayan Williams, "Döngü demek, bir sınıfın gelecek sınıfa öğretmeniyle birlikte geçmesidir." diye karşılık verdi.

Bir anda ortalık sessizleşti. Gerçekten çok sessizdik. Çıt çıkarmadan soluğumuzu tutuyorduk. Herkes aynı şeyi mi merak ediyordu? Çevreme bakındım. Jessica gülümsedi ve başını salladı.

Bayan Williams, "Çocuklar, gelecek yıl döngü yöntemini uygulayacak sınıf *sizsiniz*." dedi.

Anna bu kez, "Bay Terupt'la birlikte mi?" diye sordu.

Bay Terupt, "Evet." diye yanıt verdi.

Hepimiz zıpladık, çığlıklar attık ve ıslık çaldık. Bayan Williams'ın kapıya doğru yöneldiğini gördüm. Ona doğru koştum. Tam çıkmak üzereyken yetişip, "Bayan Williams." dedim. Geri döndü. "Evet Luke?"

"Teşekkür ederim." Ve birden arkamda ani bir sessizlik olduğunu hissettim. Sınıfın tamamı susup Bayan Williams'a odaklanmıştı.

Ve arkasından, "Teşekkür ederiz Bayan Williams..." sesleri yükselmeye başladı.

Bayan Williams, Bay Terupt'a baktı. Ona, "Siz buradayken bu sınıfta âdeta büyü var Bay Terupt. Gerçek büyü." dediğini duyabilecek kadar yakındım. Ona sarıldı ve sınıftan ayrıldı.

Alexia

Öğretmen gelebilmeyi başardı. Habersiz bir şekilde okulun son günü birden ortaya çıkıverdi. Bugüne kadarki en büyük sürpriz buydu. Herkes ona koştu ve sarıldı falan. Ve sonra öğretmen gidip Peter'a sarıldı.

Bunu yaptığı zaman öğretmeni daha çok sevdim. Bana koridora çıktığımız günü düşündürdü. Öğretmen nasıl iyi davranılabileceğini biliyor. Bir tek şey falan söylemedi ya da yapmadı. Ortalık sakinleştikten sonra yanına gittim.

"Artık herkese iyi davranıyorum öğretmenim." dedim. "Benimle gurur duyardınız."

"Sen her zaman çok iyiydin Lex." dedi. "Sadece bunu nasıl gösterebileceğini keşfettin, o kadar. Ama haklısın, seninle gurur duyuyorum."

"Gelecek yıl için sabırsızlanıyorum." dedim.

"Ben de. Sizi çok özledim."

Sonra öğretmene bir daha sarıldım. "Sizi seviyorum öğretmenim." dedim

"Ben de seni." dedi.

Yani şimdi gelecek yıla dek beklemek falan gerekiyor. Ve ben bekleyemem.

Jeffrey

B azen okul gerçekten harika olabilir. Ve gelecek yıl aynen böyle olacak; çünkü Bay Terupt geri geldi.

Başarabileceğini hiç sanmıyordum. Aynı Michael gibi onun da öleceğini düşünüyordum. Michael'a yardım etmeye çalıştım ve bu işe yaramadı. Bay Terupt'a yardım edip etmediğimi bilmiyorum, ama o kurtuldu. Karların içine düştüğünde yardım getirmek için koşmuştum. İçeri koştum, hemşireyi buldum, 911'i aramalarını sağladım ve Bayan Williams'a haber verdim. Tüm bunları yaptım. Ama yeterli miydi?

Bay Terupt'ın Peter'a sarılmasını seyrettim. Kimseyi suçlamıyordu. Jessica bana Michael'ın ölmesinin benim hatam olmadığını söylemişti. Belki de en doğrusu, elinizden gelenin en iyisini yapmak; çünkü sonuçta olacakları kontrol edemezsiniz. Sanırım bir şeyler için umut etmek iyi. Bazen işe yarayabiliyor.

Yavaş yavaş annemi ve babamı geri kazanıyorum. Artık aramızda sessizlik yok, ama hâlâ birbirleriyle fazla konuşmuyorlar.

Annem pijamalarından kurtuldu, ama asla evden dışarı çıkmıyor. Bu şimdilik yeterli. Babam ve ben gibi o da daha iyi olmaya başladı. Umarım araları çok daha iyi olur.

Kardeşimi özlüyorum ama Bay Terupt geri geldiği için çok mutluyum. Ve sanırım tüm bu olanlar için bir neden buldum. Bay Terupt'ın kazası olmasaydı annemle ve babamla aramdaki sessizliği asla bozamazdım. Bay Terupt komadayken onu sevdiğimi ona söylemeyi o kadar çok istedim ki. Ve işte o zaman ailemle bu şansı kaybetmek istemediğimi fark ettim, böylece sessizliği bozdum. Sevinçliyim. Mutluyum.

anna

S on gün harika bir güne dönüştü. Bay Terupt geldi! Hiç bu
kadar mutlu olmamıştım. Boğazım, kalbim, midem; hepsi
mutluluk ve büyük olasılıkla rahatlamayla yanıyordu. Ve sonra
şu döngü yöntemini öğrendik. Tüm o güzel yanmayı içimde
yeniden hissettim.

Hoparlörden, "Dokuzuncu otobüs. Dokuzuncu otobüs kal-
kıyor." anonsu duyuldu.

"Yakında görüşmek üzere Bay Terupt." dedim. Ona doğ-
ru koştum ve çabucak bir kez daha sarıldım. "Güzel bir yaz
geçirin."

"Sen de Anna." dedi.

"Ve Bay Terupt..." Ona baktım, o da bana baktı. "Sanırım
Bayan Newberry sizden hoşlanıyor, tabii ilgilenirseniz." dedim.

Bay Terupt gülümsedi. "Çöpçatan Anna. İpucu için teşek-
kür ederim."

"Dokuzuncu otobüs. Dokuzuncu otobüs için son çağrı." diye bir anons daha geldi.

202 numaralı sınıftan başım yukarıda koşarak çıktım. Yine de dokuzuncu otobüse yetişemedim. Lobiye inmemle birlikte annem ve Charlie'yle çarpıştım.

"Hey ufaklık." dedi Charlie.

"Merhaba çocuklar!" dedim. "Buraya Danielle'i almaya mı geldiniz? O hâlâ yukarıda."

Bu kelimeler tam ağzımdan dökülmüştü ki sorumun yanıtını gördüm. Danielle'in annesi lobiden içeri girdi. Bizi hemen fark etti. Bir damla bile cesaretim olmasa da, "Merhaba Bayan Roberts." dedim. "Sizin için yukarı çıkıp Danielle'i getirmemi ister misiniz?"

Gerek kalmadı. Danielle merdivenlerden indi ve lobiye girdi. O da bir kez herkese baktı. Ve sonra birbirimize bakıp kendimizi olacaklara hazırlamaya çalıştık.

Bugün hiçbir hayal kırıklığı olmamalıydı. Bugün mutlulukların ve kutlamaların günüydü. Annem, "Merhaba Bayan Roberts." dedi ve elini uzattı. "Ben Terri Adams ve bu da kızım Anna. Hastanede tam olarak tanışmadık. Bugün öğleden sonra sizi ve Danielle'i ağırlamayı çok isteriz. Belki bir fincan çay ya da kahve içmek veya kızların birlikte zaman geçirmesi için gelmek istersiniz."

Top şimdi Bayan Roberts'taydı. Annemin elini sıktığını görünce soluğumu bıraktım. "Lütfen bana Susan deyin." dedi. "Danielle ve ben gelmeyi çok isteriz." Heyecanla ama yüzündeki şaşkınlığı gizleyemeden başını sallayan Danielle'e baktı. Sonra Bayan Roberts, Charlie'ye döndü.

Tüm bunlar olurken Bay Terupt lobiye geldi, Danielle ve bana her şey yolunda anlamında bir işaret yaptı. Sanki tüm hikâyeyi biliyor gibiydi. Yoksa biliyor muydu?

Dünyanın en iyi öğretmenine el salladık.

Danielle

Aslında gerçek bir arkadaş olmayan eski bir arkadaşla (Alexia) başladım. Sonra sevdiğim ama sevmemem söylenen şu yeni kız (Jessica) geldi. Tüm bunlar olurken bir ara Anna'yla arkadaş oldum. Özel Sınıf'la çalıştık ve şu harika Ramazan Bayramı projesini gerçekleştirdik. Ve aslında gerçek bir arkadaş gibi olmayan şu arkadaş, kendi başına takılıyordu. Benim Jessica ve Anna'm vardı.

Sonra kaza oldu. Jeffrey yardım için koşarken ben de Bay Terupt'ın başını tuttum. Altına şapkamı ve mantomu serip karların içinde üşütmesini engelledim. Jessica ve Anna'yla birlikte Bay Terupt'ı hastanede ziyarete gittim ve orada eski bir arkadaşı buldum. Alexia yeniden Lexie olmuştu, sadece daha yeni ve iyi. James ayrıldı, ama Peter'ı yeniden görmemizi sağladı. Ve sonra bugüne dek bekle ve gör oyunu oynadık.

Bugün Bay Terupt geri geldi! Ve sonra döngü yapacağımızı, gelecek yıl da onunla olacağımızı öğrendik. Büyük anneme haberleri vermek için sabırsızlanıyorum. İşler zorlaştığında bana yardım eden oydu ve bizim için birçok defa dua etti. Yine de büyük anneme günün sonundaki haberleri anlatacağımı pek sanmıyorum. Bunu anneme bırakacağım.

Anna'ya harika bir yaz geçirmesini diledim, tam otobüsü yakalamak için koşarken arkasından bakıyordum ki Bay Terupt, "Danielle, annenin otoparktan buraya doğru yürüdüğünü görüyorum." dedi. Camımızdan dışarı bakıyordu. "Herhâlde seni almak için geldi."

"Pekâlâ. Teşekkür ederim." dedim. Eşyalarımı topladım. "Harika bir yaz geçirin. Sonbaharın gelmesi için sabırsızlanıyorum."

"Hoşça kal Danielle." dedi.

Ona doğru koşup bir kez daha sarıldım. "Geri geldiğiniz için çok mutluyum." dedim. Yüzüne baktım ve aşağıya koştum.

Lobiye indim ve birden herkesi gördüm. Annem, Charlie, Anna ve Terri. Charlie annemle mi yoksa Terri'yle mi birlikteydi? Hadi be, diye düşündüm. Ama işler yolunda gitti. Annem Terri'nin elini sıktı ve kahve davetini kabul etti. Sonra annem Charlie'ye baktı, ama bir şey söylemedi ya da yüz ifadesini değiştirmedi. Bizi gerçekten zorlayacağa benziyordu.

Ayrılırken Bey Terupt bize o her şey yolunda işaretini yaptı. Ne kadar zamandır seyrediyordu? Ne kadarını biliyordu?

Sevgili Tanrım,

Ben, sevgi dolu Danielle. Öğretmenimi bana geri verdiğin için teşekkür ederim ve tabii ki gelecek yıl için de. Ayrıca anneme Terri ve Anna'ya bir şans vermesi konusunda yardım ettiğin için de teşekkürler. Belki artık büyük annem üzerinde çalışmaya başlayabilirsin. Onu ikna etmek daha zor olacaktır. Âmin.

Not: Sana kızdığım için özür dilerim.

Peter

Birden çığlıkları duydum. "Bay Terupt!" Çevremdeki herkes zıplayıp kapıya koştu. Buna inanamadım. Bay Terupt geri dönmüştü.

Ağlamaya başladım. Bay Terupt yaşıyordu. Ve buradaydı. Sandalyemde oturup küçücük görünmeye çalıştım. Ama yine de beni fark etti. Bay Terupt bana doğru yürürken sınıf sessizleşti. Yine korkmuştum.

Bay Terupt dizlerinin üzerine çöktü ve doğruca gözlerime baktı. Beni kollarıyla sardı ve güçlü bir şekilde sıktı. Bugüne dek hissettiğim en güzel kucaklamaydı bu. Ben de olabildiğince güçlü bir şekilde onu sıktım. Vücudum titredi ve sümüklü burnumu çektim.

Kulağıma, "Önemli değil Peter. Seni affediyorum." diye fısıldadı.

Birden kendimi hafiflemiş hissettim. Hem de çok hafif.

Jessica

Son Perde, Son Sahne

Bir şey fark ettim. Artık California ya da babamı özlemiyorum. Özlediğim ve sabırsızlandığım şey, altıncı sınıf ve Bay Terupt'la yeni bir yıl. Ona ailesini sormak ve Bayan Newberry'nin ona yaklaşmasına izin vermesini söylemek istiyorum. Çünkü onu gerçekten umursuyor ama şimdi zamanı değil. Okul yeniden başladığında, bunun için birçok fırsatım olacak. Yeniden sahneye çağrılmanın keyfini çıkarmalıyım.

Birçok kitap okudum ama bence bizimki muhteşem bir hikâye ve Bay Terupt'ın da benimle aynı fikirde olacağını biliyorum. Bu mutlu bir son.

LUKE

Altıncı sınıf, diye düşündüğümü hatırlıyorum. Biz altıncı sınıf olacağız. Ve Bay Terupt da bizim öğretmenimiz. Bizim öğretmenimiz. Bayan Williams'ın kullandığı kelimeyi düşündüm, *büyülü*. Bazı sınıf arkadaşlarımla oturan Bay Terupt'a baktım. Ve o haklı, diye düşündüm, büyü var.

O benim öğretmenim. Dolar Sözcüğü Adamı.

Terupt *(dolar sözcüğü)*

Teşekkürler

Aşağıdaki herkese içten teşekkürlerimi sunmak istiyorum:

Esin kaynağı olan bir grup eğlenceli kadına: Önce *Sınıftan Yükselen Sesler*'in içindeki sesleri dinleyen ve devam etmem için bana cesaret veren Meg, Thea, Martha, Betsy, Debbie ve Leigh Ann'a.

Bugüne dek tanıdığım gerçekten de en cömert insanlardan biri olan John Irving'e. Cesaretlendirmen ve bilgeliğin bana asla geri ödeyemeyeceğim bir şey verdi. Bunun için sonsuza dek müteşekkirim.

Devreye girip romanımın bir yuva bulmasına yardım ettiği için, Paul Fedorko'ya.

Editörüm Françoise Bui'ye; sabrı, ısrarı, dinlemesi ve taslak üzerindeki dikkatli çalışması için.

Ve son olarak uzun yıllar önce ortaya çıkan yazı yazma arayışımı yüreklendirip destekleyen eşim Beth'e. Bu iyi adamın arkasında, eşi benzeri olmayan bir kadın var.

Yazar Hakkında

ROB BUYEA, Massachusetts'e taşınmadan önce altı yıl boyunca Bethany, Connecticut'ta üçüncü ve dördüncü sınıf öğrencilerine ders verdi. Şimdi eşi ve üç kızıyla burada yaşıyor. Northfield Mount Hermon Okulunda biyoloji öğretmenliği ve güreş koçluğu yapıyor. *Sınıftan Yükselen Sesler* onun ilk romanı.